いやよいやよも旅のうち

北大路公子

集英社文庫

まえがき

私に「旅人」の要素は一ミリもない。思いついた瞬間にふらりと列車に飛び乗るフットワークの軽さも、「同じ風景ばかり見続けていると息苦しくなる」と呟《つぶや》くような詩的な感性も持ち合わせていない。そもそも居場所に飽きるということがほとんどないのだ。自分で書いていても「つまんねーやつだな」と思うが、本当のことである。人としてのエネルギー量が少ないことと刺激に弱い体質が、私を旅から遠ざけてきたのだ。それはもう個人の資質だから如何《いかん》ともしようがない。

この本は、そんな私が担当編集者に連れ出されてあちこちを回った記録である。「あちこち」といっても、ジャングルを探検したりエベレストに登ったりという壮大な話ではない。遊園地に行ったとか、市内の動物園を訪問したとかだ（本当）。いやあ動物園、冬だったので雪が多くて大変でしたよ。

もう少し正確に言うと、我々が訪ねたのは一道五県。北は北海道（地元）から南は沖縄（遠い）までを、「嫌だなあ」と思いながら歩いた。まさに『いやよいやよも旅のうち』である。このタイトルは、当初「旅嫌いの私を旅に連れ出す」という意味だったはずだが、いつのまにか「普段なら絶対にしない嫌なこと・面倒なことを頑張ってやってみよう」という趣旨に入れ替わっていた。「何も頑張りたくないんですよ、疲れるから」との私の訴えはまったく通らなかった。

そんなわけで、本の中の私は始終「嫌だなあ」と言っている。「ジェットコースター乗りたくないなあ」「自転車も乗りたくないなあ」「海に入りたくないなあ」。あと「原稿書かずに原稿料がほしいなあ」ともしょっちゅう言っている。心情を素直に吐露するのが旅日記の醍醐味《だいごみ》とはいえ、煩悩までもがだだ漏れである。

もちろん、よかったこともあった。私は動いたら死ぬ動物ではないかという、密かに抱いていた疑いが晴れたことだ。全然死なない。沖縄で海に入った時は一番元気で、あまつさえ楽しそうに見えたという。不思議だ。

昔から、自分は旅人ではなく「留守番人」だと思っている。世界中にいる旅人たちを見送る係だ。旅人たちに「あの人、いつ戻ってきても同じ場所でくだらない文章を書いて生きているなあ」と思ってもらいたいのだ。

その「留守番人」が経験した小さな旅の本。興味を持っていただければ幸いです。

もくじ

本文イラスト／丹下　京子
本文デザイン／成見　紀子

いやよいやよも旅のうち

北海道編

札幌・恵庭

キミコの知らない世界in札幌①

はじまりは一体の埴輪《はにわ》だった。

去年の五月、小雨の降る肌寒い日に、私はその埴輪と出会った。いや、出会ったのではない。私が自らの手で生み出したのだ。

埼玉県行田市《ぎょうだし》。「小説すばる」で連載されていた池井戸潤さんの小説『陸王』の舞台となった町である。そこで私の埴輪は生まれた。きっかけは担当編集者である元祖K嬢の一言である。

「行田へ行け」

ある日彼女は厳かにそう告げた。「まもなく『陸王』が単行本となり、小説すばるでも特集が組まれる。今じゃ。今こそ行田へ行き、作品の空気を肌で感じるのじゃ。そしてそれをエッセイに書け、書くのじゃ、キミコよ」

まあ実際はこんな話し方ではなかったが、雰囲気としては合っている。つまり連載中からの『陸王』ファンである私が、『陸王』ゆかりの地である行田の町を歩き、その印象をエッセイにまとめるのはどうかという

ことであった。むろん私に異論のあろうはずがない。
そして五月、私は生まれて初めて行田の地に降り立ったのである。自宅のある札幌を出てから、約二十四時間の長旅であった。昭和の昔ではあるまいし、どうしてそんなに時間がかかったのかというと、途中東京で一泊し、お酒を飲んだり遊んだりしたからである。うむ、楽しかった。楽しかったが、威張って言うことでもなかった。とにもかくにも一日がかりで、私は無事に行田の土を踏んだのだ。同行者は二人、元祖K嬢と『陸王』の担当編集者Hさんである。

当時のエッセイにも書いたが、行田は水と緑の豊かな美しい町である。と同時に、思いがけず古墳の町でもある。それもわりと力の入った古墳の町である。実際、市内にはさきたま古墳公園があり、園内の「はにわの館」ではスタッフの指導のもと、なんとオリジナル埴輪を作れるのだそうだ。

開拓の地に住む我々北海道民は、歴史を持ち出されるとたんに弱腰になる。古墳と聞いてビビり、埴輪でさらにビビり、オリジナル埴輪という耳慣れぬ響きにだめを押され、最後「では我々も作りましょう」と言われて逃げ出しそうになった。「え？　埴輪って現代人が勝手に作ると逮捕されるんじゃないの？」と怯《おび》えつつ、二人の編集者に促されるまま、「はにわの館」に向かったのである。

埴輪。

念のために申し添えておくと、『陸王』はランニングシューズの開発に人生を懸けた人々の物語である。作中に埴輪は一切登場しない。確認したわけではないが、埴輪の「埴」の字すら出てきていないと思う。まあ確かに埴輪以外で「埴」の字を見かけることはほとんどないが、しかし、だからこそ謎はますます深まった。「なぜ埴輪？」と。

今ならわかる。導かれていたのだ。目に見えぬ大いなる力に導かれ、私は埴輪をこの世に送り出した。おのれ一人の力ではなかった。埴輪自らが自分の意志で生まれてきたのだ。だが、当時はもちろんそんなことを知る由もない。私は「なぜ埴輪？」の疑問を胸に抱いたまま、粛々と粘土を捏《こ》ねるほかなかったのである。

埴輪作りは難航した。何一つうまくいかないのである。

見本と同じようにしているはずなのに、ひたすら長くなっていく顔。穴を穿《うが》つだけなのになぜか前面に突出している目。埴輪であるといって

北大路公子作・埴輪

いるのにひょっとこに似てくる口元。

それが埴輪の意志によるものなのか、私の芸術分野における才能の問題なのかはわからない。が、完成した埴輪が周りに与えた衝撃の大きさを、私は決して忘れないであろう。人々は息を呑《の》み、そして次々に感想を口にした。

ある者（元祖K嬢）は「なんだか気持ち悪いです」と指をさし、ある者（元祖K嬢）は「質感が卑猥《ひわい》です」と断言し、またある者（元祖K嬢）は「どうしてこんなことになったんですか？」と私を問い詰めた。そして別のある者（Hさん）は、「元祖K嬢って北大路さんに厳しくないですか？」と尋ねた。その最後のHさんの意見には私も全面的に同意したかったが、当の元祖K嬢は、

「北大路さんに厳しいんじゃないですよ。埴輪があんまり気持ち悪いから」

と、あくまで気持ち悪いの一線は譲らなかったのである。

完成した埴輪はさまざまな場面で波紋を投げかけた。

読者プレゼントにしようと提案した際には「きっと応募者ゼロです

よ！」と元祖K嬢に明るく言われ、「じゃあその時はHさん、もらってくださいね」と唯一の理解者に声をかけると「私には私の埴輪がありますから……」と目を合わせずに断られた。「一日一枚ずつ埴輪の部分写真を載せようかと思っているんです」と言ってくれていたツイッターの陸王公式アカウント担当者は「アップにするとなんだか卑猥度が増してツイッターの規制に引っかかりそうで」との理由から、通常の全身写真の公開となった。にもかかわらず、写真を目にした人から「なんだこれは」と笑われたのである。

私は埴輪のハニー（名前）が不憫《ふびん》でならなかった。私がうまく作れなかったばっかりに、こんな辛《つら》い目に遭っているのだ。なんとか幸せになってほしいと願った。多くの人にハニーの魅力を知ってほしいと祈った。するとどうだろう。私の願いが通じたのか、読者プレゼントには複数の応募が寄せられ、まさかの抽選となったのである。嬉《うれ》しかった。さすがハニーだと思った。埴輪にとって、望まれてもらわれていくほど幸福なことはないだろう。旅立ちの日、

「幸せになってね！」

心の中でエールを送りながら、私は私の埴輪に別れを告げたのである。

それが去年の秋のことである。そしてちょうどその頃から、私は元祖K嬢と新しい連載企画の打ち合わせを始めていた。連載中だった「日記を書くためだけに生まれてきた」（編集部注・「キミコのダンゴ虫的日常」シリーズとして好評発売中です！）の最終回が迫っていたのだ。続けるという選択肢もあったのだが、連載開始から丸四年を迎えるにあたって、そろそろ「こいつ毎年毎年同じことばっか繰り返してやがる」という怒りの声が、読者の皆様から上がるのではないかという気がしていた。普段そういう声には「水車をごらん。同じ場所でぐるぐる回っていても立派に他人様《ひとさま》の役に立っているよ」と答えるようにしているのだが、今時水車の喩《たと》えもどうかという問題もある。

そこで何か新しい企画に挑むべく話し合っていたものの、なかなか決まらない。そもそも「書け、書くのじゃキミコよ」と言う元祖K嬢と、「原稿を書かなくても私の人柄にお金を払ってもらうという案はどうですか」などと言い出す私とでは、基本的に話もかみ合わないというものだ。そういえば日記連載も、決定するまでは数ヶ月かかったのではなかったか。もしかすると今回のテーマ決めも長引くかもしれない。そう覚

悟した時であった。元祖K嬢が言った。

「旅をするのはどうでしょう」

「旅なんかしてどうするんですか」

　私の返事がいきなり喧嘩腰《けんかごし》なのは、旅が嫌いだからである。あれはエネルギーの余っている人が行うものであって、私のようにじっとしているだけで精一杯という人間にはすべてが過酷なのだ。

「どうするというか」

　元祖K嬢は続ける。

「北大路さんが今まで行ったことがない場所に行って、やったことがないことをするのです。たとえば」

「たとえば？」

「あの埴輪みたいなのを作ったりするのです」

「あの埴輪みたいなのを作ったりするのです？」

　何を言っているのかよくわからない。そんなに埴輪ばかり作ってどうしようというのだ。というか、そもそも元祖K嬢は、私の埴輪を嫌っていたはずではないか。

「まあ別に毎回埴輪というわけではなくて」と私の気持ちを見透かした

ように元祖Ｋ嬢は言う。

「とにかく旅先で何か『初めてのこと』に挑戦するのです。どうですか？」

どうですかと言われても、なにしろ旅である。

「やりましょうよ」

やりましょうよと言われても、やっぱり旅である。どう考えても私に向いているとは思えない。だいたい旅の何がいやって、決めるべきことが多すぎるのだ。目的地を決め、日程を決め、移動手段を決め、時間を決め、宿を決め、気温を調べて服装を決め、所持品を決め、しかもそこまでやっても必ず忘れ物をする。スマホを持っても充電器を忘れる。充電器を持ってもケーブルを忘れる。着替えをまるごと家に置き忘れて、ホテルで呆然《ぼうぜん》としたこともある。「いいんだよ、いざとなれば金で解決するんだよ」と開き直ってみても、貧乏人が虚《むな》しいだけである。

黙り込む私に元祖Ｋ嬢は言う。

「だって埴輪、楽しかったじゃないですか」

瞬間、まぶたにハニーの姿が浮かんだ。粘土の中から徐々に姿を現すハニー。修整しようとすればするほど埴輪のイメージから遠ざかってい

くハニー。「今は粘土だから質感が気持ち悪いけれど焼き上がったらかわいくなるかも」と慰められたハニー。「焼き上がってもだめでした」と報告されたハニー。

けれども、ハニーは幸せになった。誰に何と言われようと、最後は自分の魅力で幸せをつかんだのだ。

「旅に出るのじゃ」

ふいにハニーの声が聞こえた気がした。

「ハニー!」

最初からこうなることがハニーにはわかっていたのかもしれない。いや、きっとそうだ。旅で生まれたハニー。ハニーは自らが幸せになることで、旅の素晴らしさを私に教えてくれたのだ。

「そうじゃ。旅に出るのじゃ。旅に出て、原稿を書くのじゃ」

よくよく聞けばその声はハニーではなく、完全に元祖K嬢だったが、いずれにせよハニーに励まされるようにして、私は旅に出ることとなったのである。

最初の旅は年明け、一月の末と決まった。行き先についてはさまざまな案が出た。

「真冬の札幌から一気に沖縄へ（体調を崩す）」「屋久島《やくしま》でトレッキング（疲れて死ぬ）」「景気づけに日本で一番のジェットコースターに乗る（怖くて死ぬ）」

括弧内は私の個人的な感想であるが、ただ、時期に問題があったのは確かである。雪による飛行機の欠航が増える頃だからだ。飛行機は雪に弱く、そして一月の北海道は実によく雪が降る。もし出発便が欠航などということになったら、その後の予定が大幅に狂ってしまう。

「春まで待とうか」などの弱気な言葉も囁《ささや》かれる中、粘り強く話し合いがもたれた。諦めそうになりながらも、何度も計画を練り直した。見えないハニーの後押しもきっとあっただろう。そうして数週間。遂《つい》に記念すべき第一回の行き先が決定したのである。

定山渓《じょうざんけい》（札幌市南区）

市内かよ。

市内です。

とはいえ、これはなにもやけになったわけではない。元祖K嬢の乗った飛行機が万が一飛ばなかったとしても、市内であれば私ひとりで旅を決行できるからとの深慮の末の決定である。

かくして「いやよいやよも旅のうち」は始まった。まさか初回が埴輪の話だけで終わってしまうとは思わなかったが、次回、六月号で真冬の話を書こうとしていることに比べれば、なんということはないのである。

それにしても埴輪は私をどこへ連れて行こうとしているのか。

キミコの知らない世界in札幌②

一月二十八日（土）

記念すべき「いやよいやよも旅のうち」の初日。雪が降っている。何かの嫌がらせだろうか。とりあえずタイトルどおり「いやだいやだ、雪なんて見るのもいやなんだよ！」と雪かきをすませ、地下鉄の駅へ向かう。

待ち合わせは午前九時。最寄り駅で友人のハマユウさんと合流後、乗り換え駅で元祖K嬢と落ち合う。当初は元祖K嬢と二人旅の計画だったのだが、元祖K嬢が突然「二人旅って！　もしかして！　北大路さんと二人で観光地を巡ったり、二人で温泉に入ったり、二人で宿に泊まったりするんですか？　いやだ！　なんかいやだ！　恥ずかしい！　誰か！　誰か誘いましょう！」などと言い出したため、今回はハマユウさんにもお付き合い願うこととなったのだ。今考えてもちょっと意味がわからないというか、そもそも「いやよいやよも旅のうち」なんだからいやで本望だろうとも思うが、それはそれとして旅は賑《にぎ》やかな方が楽しいのは確かである。

集合場所の大通《おおどおり》駅で、無事に合流。元祖K嬢は生来の物持ちのよさを発揮して、小学生の時に買ってもらったというスキー手袋でやる気をアピールしている。ハマユウさんもおしゃれ長靴を新調したと言っていた。一方、私はサピカもキタカ（共にICカード）も忘れ、テンションがだだ下がっている。あれがないと楽しい旅なんてできないよ。いちいち切符を買わなくちゃいけなくて、そのたびに手荷物を置き忘れて、改札通ってから気づいて、慌てて戻って、電車乗り遅れて、ようやく乗ったと思ったら今度は車内で切符を失《な》くして、皆に白い目で見られて、「だからあんたと旅行なんてしたくないんだ」とか言われて、友達が一人もいなくなって、最期は誰にも気づかれずに寂しく死んでいくんだ。ひとりぼっちの私の手には古ぼけたICカードが一枚……。

「着きましたよ」

脳内で孤独な一生を終えたあたりで、地下鉄真駒内《まこまない》駅へ到着する。雪がいっそう激しくなっている。北国育ちの私は雪に対して一ミリも幻想を抱いていないので、こんな日は家でテレビでも観《み》ていたいが、向かう

先は「ノースサファリサッポロ」、よりによって体験型動物園である。

「もう何も体験したくないんですけど」

「まだ何も体験してませんよ」

正論でばっさり斬られつつ、タクシーで二十分ほどかけて定山渓方面へ移動。「ノースサファリサッポロ」は、市街地から定山渓温泉に向かう途中にあるのだ。それにしても定山渓は近くなった。私の子供の頃はもっと遠くて、もっと山であった。道中、暗いトンネルと迫りくる山が怖くて車中で延々泣き通し、両親に温泉行きを諦めさせた思い出が蘇《よみがえ》る。それが今はどうだ。住宅街が広がり、道路は整備され、いつのまにか動物園まで出来ているではないか。おかげでこの雪の中、何かを体験しなければならないのだ。

ぼやきつつ、午前十時、到着。国道から少し外れただけで、すっかり森の中である。車を降りると、北海道らしい気持ちのいい景色が広がっている……はずなのだが、雪でほとんど何も見えない。入口に向かう道沿いにずらりと並んだ犬小屋も、半分雪に埋もれている。小屋の前には住人と思《おぼ》しき犬たち。全員外に出ている。なぜ中に入らないのかがさっぱりわからない。頭にも体にも雪が積もっている。冷たくないのだろうか。寒いところの犬だから平気なのだろうか。けれども、もし私が宇宙人にさらわれたとして、「寒いところの人だから平気だろう」と極寒の星に連れて行かれたらいやである。できればハワイの人たちと同じ常夏の星に送られたいというか、その際は出身地を偽ることもやぶさかでないというか、一体私は何の話をしているのだ。

ところで、この「ノースサファリサッポロ」、入口脇には恐ろしげな注意書きが掲げられている。

「当園は普通の動物園ではありません、危険です。ケガや物損は保障できません！　全て自己責任です。了承した上でご入園となります！」

全然了承したくないのだが、行くしかないのだろう。まずは、あっという間にチケットを購入してしまった。行くしかないのだが、元祖K嬢があっという間にチケットを購入してしまった。

袋、それにカイロで完全防寒を施す。カイロはお腹《なか》と背中、さらにハマユウさんからもらった足用を靴の中に貼り付けた。三年前に近所のスーパーで買った二千円の靴もこれで安心だ。一列になって、ライオンを模したゲートというか通路を進む。ちなみにこのライオン通路、大きく開いた口元が入口かと思いきや、その下の胸元から入るという意外性のあ

る構造で、しかも暗くて狭くて段差があってなぜか木の枝や骸骨などが飾られており、意味がわからないだけに非常に怖かった。

　通路を抜け、いよいよ園内へ足を踏み入れる。

「わあ！　雪！」

　動物園の第一印象は、「雪」である。あたり一面真っ白な雪。そんな雪に埋もれるようにして、動物が点在している。ゴマフアザラシ（寒そう）、キタキツネ（寒そう）、エゾタヌキ（寒そう）、ロバ（寒そう）、ウサギ（寒そう）、ヒツジ（寒そう）、と、雪のせいで軒並み寒そうに見えるが、それでも彼らは皆元気でフレンドリーだ。

　動物は自由に触ったり撫《な》でたりしてもいいらしい。皆、人間慣れしており、なかでもヒツジやヤギは積極的に私の方に近寄って来る。ひょっとすると動物には心のきれいな人がわかるのだろうか、そういえばさっき元祖K嬢はウサギを抱こうとして逃げられていなかったか。と思ったが、まあ冷静に考えて餌目当てであろう。スティック野菜が数本と、キャベツの葉が一～二枚入って百円。それが無人販売方式でちょこちょこと売られているのだ。一見お高く思えるものの、お金を入れない不届き者の存在を考えると、案外計算しつくされた価格設定といえよう。そし

てそんな人間の事情など知らない動物たちは、「ねえねえ、おいしいの持ってる？　持ってるでしょ？」と無邪気だ。

唯一、関心を示さなかったのがカピバラで、柵の中に入って（入れるのです）餌をやろうとしても、どのカピバラも見向きもしない。屋内に繋《つな》がる扉に向かって、ひたすらじっとしている。寒いから帰りたいのかもしれない。

「温泉にでも入ったら？」

勧めてみるも、完全無視。池にはお湯が張られており、パンフレットの写真のような「頭にタオルを載せたカピバラ」を期待したが、本人たちにその気はないようである。その代わりといってはなんだけれども、我々人間がつい何度もお湯を覗《のぞ》き込んでしまう。「今、何か間違いが起きてこの温泉に落ちても、何も保障はされないのだ」と思うと、なぜかふらふらと近づいてしまうのだ。人は無意識のうちにスリルを求める生き物なのかもしれない。

と、このように「ノースサファリサッポロ」の最大の魅力は、動物との距離が近いところである。あとスタッフに放っておかれるところである。どれくらい放っておかれるかというと、屋内ゾーンでは「リスザルが肩から下りない場合はスタッフを呼んでください」との貼り紙があるくらい放っておかれる。

「え？　呼ぶの？　自分で？　肩にサル乗せたまま？」

「ていうか、乗ってくるの？」

思わず三人で声を合わせ、高速であたりを見回す。こんなところでサルに乗られたらたまったものではないし、そもそもスタッフがどこにいるのかわからないのだ。しかし、どれだけきょろきょろしても、そのリスザルとやらの姿が見当たらない。小さな温室というかビニールハウスのような空間なのに、なぜか見つからないのだ。

「あそこ？」

「どこ？」

「あっち？」

「どっち？」

何もない空中を指差しては怯える三人。今にも物陰から空中戦を挑んできそうで、いてもたってもいられない。

「一刻も早くここを出なければ」

死せるリスザル生ける三人衆を走らす。

いや、リスザル死んだわけじゃないだろうが、しかし見えないリスザルの恐怖に怯えた我々は一目散に温室を出た。そのせいでほかにどんな動物がいたのか覚えていない。大きな亀がヒーターの前で暖をとっていた気がするが、夢かもしれない。でも無事に外に出られてよかったのである。

さて、園内をひととおり見物した後は、近くにある豊平峡《ほうへいきょう》温泉を目指すのみ。気温氷点下五度。餌をやり、リスザルの恐怖も味わい、その後、ビルマニシキヘビを首に巻いている人も見た（自分は巻かない）。あとはこの冷え切った身体を温泉で温めるだけだ。

まずは温泉名物のカレーを食べて、

「犬ぞりに乗ります」

なんならビールの一杯も飲んで、

「今から犬ぞりに乗ります」

それから風呂。カピバラばかりに温泉を楽しませてはいられないからね。

「だから！　犬ぞりに乗りますってば！」

「えー、乗りたくないんですけどー」

元祖Ｋ嬢は雪のないところで生まれ育ったから知らないだろうが、雪国の人間は冬に外で活動したら死んでしまうのだ。

「ね、死んでしまうよね？」

ハマユウさんに同意を求めるも、すぐに求めるべき相手を間違えていたことに気づく。ハマユウさんは、極寒の地である道東で生まれ育ったのだ。

「これくらいの気温じゃ死なないんじゃないですか」

「ロングコース、申し込んできますね」

どうして人は私の話を聞いてくれないのか。犬ぞりって、こんな運動不足で体幹ぐにゃぐにゃのおばちゃん、振り落とされる予感しかしないだろう。車があるんだから、犬より車に乗ればいいじゃないか。

訴えも虚しく、結局、三人で順に犬ぞり体験へ。最初にブレーキの掛け方を習う。走行中はそりの後部、細い二本の板の上に立つのだが、その板の間にあるバーを踏むと止まるのだそうだ。しかし、私の場合はバランスを取るだけで精一杯なところがあり、そんな高度なことができる気がしない。

「犬、賢いんだから勝手に止まってくれないかな」

百五十メートル先のスタート地点までとぼとぼと歩く。雪は一向にやむ気配を見せない。私は父のことを思い出す。昔、犬ぞりの真似《まね》をしようとして、「ほら、こうやるの。こうやって走るの。いい？」と、飼い犬の乗ったそりを延々引いて走ったことがあるのだ。お手本を見せたのである。私はそれを近所のおばさんから聞いたのだが、「お父さん、すごく楽しそうだったよ」と言っていた。今日も父が乗ればよかったかもしれない。いや、父が引けばよかったかもしれない。

スタート地点には、慣れた様子のスタッフと、それ以上に慣れた様子の犬たちが待っていた。指示に従ってそりの後部に立つ。足場は予想以上に細くて不安定だ。ゴールが遠く感じる。というか、雪でほとんど見えない。こうなれば頼れるのは犬だけである。担当犬のマユちゃんにそっと声をかけた。

「マユちゃん、よろしくね。おばちゃんもう歳《とし》だから、なるべくゆっくり走ってくれると嬉しうあああああ速えええええええ」

犬ぞりは想像以上のスピードで走り出した。マユちゃんも人の話を聞

かないタイプなのか。雪がびしびし顔に当たり、身体はぐらんぐらん揺れ、景色を楽しむどころではない。カーブがあったら確実に振り落とされていたが、それを見越しての直線ルートであろう。必死にハンドルにしがみついて数十秒後、なんとか無事にゴール……と思いきや、教わったとおりにブレーキを踏もうとしても、足がなかなか上がらないうえに、靴底に付いた雪のせいで滑ってしまう。さすが二千円の靴である。最後はほとんど衝突するようにして、スタッフが身体《からだ》で止めてくれた。し、死ぬかと思った。よれよれと戻った私に、元祖K嬢が言う。

「スノーモービル体験もします？」

もちろん聞かなかったことにしたのだった。

キミコの知らない世界in札幌③

一月二十八日（土）

ノースサファリサッポロでの初めての犬ぞり体験は、おのれの体幹と二千円の靴の弱さを露呈して終わった。北海道新幹線が開業し、在来線を乗り継いで札幌から東京まで八時間余りで行けるこの時代、何が悲しくて犬にそりを引っ張られて数十秒走らねばならないのかと、比較の対象も方法も正しいのかどうかわからない理屈で頭をいっぱいにして、とにかく終わった。ようやく、お昼である。

昼食は当初、園内のファストフード店でとるつもりであった。元祖K嬢の提案である。電話で「ネットを見てください。面白いメニューがあるんです」と言われ、サイトを開くと、確かに「トナカイドッグ」や「クロコダイルバーガー」「ダチョウカレー」など、サファリっぽい料理が並んでいる。なるほど、これは市内の羊ケ丘《ひつじがおか》展望台で羊を見ながらジンギスカンを食べるような趣向であろう。いや、違うかもしれないが、いずれにせよ札幌市民にとっては恐るるに足らず。余裕を見せる私に、

元祖K嬢が言う。

「いえいえ、もっと下です」

「下？」

言われるまま画面をスクロールした私の目に、色鮮やかな料理写真の数々が飛び込んできた。

「タガメの素揚げ」「サソリ姿揚げ」「コガネムシ姿揚げ」「クロコダイルフライドアーム」「ココナッツワームの素揚げ」……。

わあ！　揚げ物天国！　という話ではなく、通常は食材として機能していないものたちが、生前の面影を残したまま揚がっているのである。コガネムシなど今にも飛び立ちそうな姿で光っているではないか。あのう、まさかこれ食べないですよね？

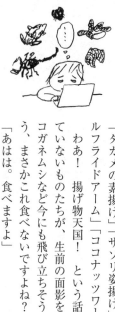

「あはは。食べますよ」

即答である。しかも、妙に楽しそうである。一瞬取り乱しそうになったものの、すぐに気を取り直した。勝算があったのだ。「冬季閉鎖」。元祖K嬢は気づいていないが、冬の道内観光地で必ずといっていいほど目にする「冬季閉鎖」が発動している気がしたのだ。雪と、かさむ暖房費が営業を阻むこの時期、立地からいっても可能性は高い。そして本日、予想は的中した。

「冬はお休みだそうです……」

残念そうな元祖K嬢に静かに微笑《ほほえ》んでみせる私。だてに何十年もくそ

寒い地に住んでいるわけではないのである。

そんなわけで、近くの豊平峡温泉へ移動しての昼食である。連載三回

目にしてまだ初日の昼かよ、と気が遠くなるが、お互い元気出していこ

うではないか。

豊平峡温泉は、源泉かけ流しの豊富な湯と「インドカリー」が人気で

ある。なぜ温泉でカレーなのかはわからないが、そういうことになって

いる。賑わうレストランでチキンカレーとビールを注文。午前中の大活

躍もあって完食できるだろうと思ったが、わりとすぐに満腹になってし

まった。こっそり残したチキンを元祖K嬢に見咎《みとが》められ、「食べ切れな

いのにどうしてチキンカレーなんて頼んだんですか。そもそも北大路さ

ん、肉あまり食べないじゃないですか」と叱られる。「最初に言ってく

れたら私が食べたのに！」との熱い訴えを聞いて胸をよぎるのは、「こ

れがタガメの素揚げでも同じことを言っただろうか」との思いだ。

残したタガメを前に、元祖K嬢が言う。

「そもそも北大路さん、虫食べないじゃないですか！」

「そりゃそうだよ！」

まあ、話はあっさり終わってしまうが、とりあえずチキンとタガメは平等に扱ってほしいところである。

満腹になったところで入浴。外国人観光客の皆様に囲まれて、広々とした露天風呂につかる。豊平峡温泉に限らず、今はどこの湯に行っても外国人の姿が多くなった。私は定見というものを持たぬ人間であるが、しかしここ数年の温泉巡りを通してはっきりとわかったことが一つだけある。

「人種や国籍に関係なく、湯船の中でバタ足をする子供は一定数いる」

この日もいた。盛大に飛沫《しぶき》が飛んできたので、いつものように「将来とんでもない男に引っかかって、今あなたの横で一緒になってにこにこしている母親ともども、その男にぎゅうぎゅうに金をむしり取られるなどして大変な目に遭う」呪いをかけようとしたところ、幸いにもその寸前、母親による注意と指導が入った。バタ足も呪いも即座に中止である。よかった。私だってむやみに人を呪いたくなどないのだ。

それにしても広い露天風呂である。端から端まで移動しようと思っても、途中で「私ったら裸でこんなに動き回るなんて……うふん」と恥ずかしくなって断念してしまうくらいである。それ自体は結構なことであるが、しかし広いということはお湯が冷めやすいということでもあり、特に今日のように激しく雪の降る日は一度入ったが最後、なかなか出る決心がつかない。ためしに腕をお湯の外に出してみると、濡《ぬ》れた皮膚に冷気が当たり、たちまち凍りつきそうになる。いわんや全身をや。数歩先には熱い内湯へ続く扉があるとわかってはいても、その数歩を歩く勇気が出ないのだ。

「もうこのまま湯の中で一生暮らそうか」

それもまた人生であろうと、元祖K嬢とハマユウさんに持ちかけると、

「ダメですよ、これから陶芸ですから」

すぐさま別の人生を提示されてしまった。そう、我々はこれから陶芸体験に赴くのだ。ああ、陶芸……。埴輪の悪夢が蘇る。

陶芸工房へは車で数分。豊平峡温泉を出た我々は、というか私は、ドナドナのような暗い気分でタクシーに乗り込んだ。まぶたに浮かぶのは、

去年自作し、周囲から「気持ち悪い」と言われ続けた埴輪のハニーの姿である。またあのような微妙なものを生み出してしまうのだろうか。ハニーよ、どうか私を守っておくれ、せめて気持ち悪くない何かを作らせておくれ、どうして「何か」なのかというと、事ここに及んで何を作るかよくわかっていないからだよ、ハニー。そう心の中で呼びかけながら、雪深い山道を進むと、やがて見えてくるのが「マ鹿工房」である。雪の中にぽつりと佇む一軒家。到着した瞬間、「わあ！　雪かき大変そう！」と、陶芸とはまったく関係ない感想が口をついて出たのは、現実からの逃避であろうか。なにはともあれ、ここで我々は「何か」を作るのだ。

　指導してくださるのは、優しそうな女の先生である。まずは粘土を練ってブロック状にしていく。ここで大切なのは、土の中に空気が残らないようにすることだそうだ。空気が残ると、焼いた時に割れてしまうらしい。うむ、理屈はわかった。わかったが、教わったとおりに捏ねても、私のだけがどんどん細長くなっていくのはなぜだろう。ブロックというよりコッペパンだ。空気云々《うんぬん》以前に形状が異なっている。

「あのう、丸まらないんですけど……」

「大丈夫大丈夫、上手にできてますよ」

先生が優しく励ましてくれる。しかし、素人目に見てもまったく大丈夫ではないのだ。お手本とは明らかに形が違う。元祖K嬢も「どうして北大路さんのだけそんな風になるんですか？」と無邪気に尋ねてきて、「大丈夫」と言った先生の気遣いが一瞬で台無しである。「帰りたい」と喉まで出かかった言葉を呑み込む。一度始まった陶芸は後戻りできない。人生と同じで、途中で下りるわけにはいかないのだ。

結局、自分ではどうにもならず、先生の手を借りて練り終えた。既に私一人が、格段に疲れている。どうしてこんなことになるのだろう。しょんぼりしているところに、新たな指令が下る。

「何を作るか具体的に決めよ」

何を、といっても我々が「器」を作るらしいことは、さすがの私ももう気づいていた。が、そういったぼんやりした話ではないらしい。

「たとえばお皿や鉢なら、どんな時にどんな料理をどれくらい入れて何人で食べるのか、そういったことを最初からイメージしないと、わけがわからなくなって失敗してしまいます」

先生の言葉が胸に刺さる。これはあれではないか。「五年後、十年後

の自分がどこで何をしているのか、はっきりとイメージすることで、人生が成功へと導かれます」という、意識高い感じの成功理論と同じではないか。

　何一つイメージすることなく、だらだらと歳を重ね、仕事だというのにその瞬間まで何を作るかわからずに陶芸体験に挑んだ私は、改めてうろたえた。聞けば、元祖K嬢は「果物などを入れる大きな鉢」を、ハマユウさんは「飼い猫のご飯用茶碗《ちゃわん》を二つ」作ると言う。これまた人生と同じく、私がぼんやりしているうちに、周りはきちんと先のことを考えていたのだ。

「北大路さんはどうします？」

「と、とにかく簡単なものを……」

　わけがわからなくなって失敗する感満載の言葉を口にしながら、この時、私は自分が何を作っているのかを改めて理解した。器などではない。人生である。我々はそれぞれの人生をなぞっているのだ。

　その後の人生作りにおいて、ハマユウさんが「やめどきがわからない……。茶碗がどんどん大きくなっていく」と慌てながらも「でも、猫が食べてもぐらぐらしない安定感さえあれば大きさはいいんだ」と論理的に自分を納得させたのも、いち早く鉢を完成させた元祖K嬢が絵付けに時間を費やしつつ、「なんだか……ちょっと……描けば描くほど取り返しのつかないことになっている気がします……」と勢い余って道に迷ったのも、なるほどそれぞれの人生を見る思いがする。

かくいう私は先生に勧められるまま、指の跡がぼこぼこついたペン皿と、中途半端な大きさの鉢と、消しゴムのような箸置きを仕上げた。なんとも腰の引けた三点セットである。しかも、途中でなにもかもがどうでもよくなってしまい、最後の絵付けを放棄しようとした。「それはやった方がいいです！」と先生に止められて思い直したものの、小学校の担任教師に「投げやり」と評された性質が、今も息づいていることを知る。

かくして二時間後、なんとか完成した作品の前で記念撮影をして、陶芸体験は終了である。焼き上がりは約二ヶ月後、楽しみなような怖いような複雑な気持ちだが、それはそれとして写真には私の顔だけがやけに大きく写っていて非常に不満である。

既に日はとっぷり暮れている。後片付けの最中いつのまにか先生の姿が消え、捜すと外で黙々と雪かきをしていた。「雪かき大変そう！」と思った第一印象はやはり正しかったのである。

「ほらね！」

誰に言うともなく誇る。これが陶芸体験における私の唯一の見せ場であった。

キミコの知らない世界in札幌④

一月二十九日（日）

六時過ぎ起床。定山渓で迎える朝である。最近は温泉でばかみたいな夜更かしをしなくなったので、目覚めは非常に爽やかだ。一方、若い元祖K嬢の夜は長い。昨夜も日付が変わったあたりから何かスイッチが入ったようで、布団に入ろうとした私の前に突如両手を広げて立ちはだかり、「まだまだ寝かせませんよ！　どうして寝られると思うんですか！　そうだ、キミコしゃ〜ん、トランプしましょうよ〜。トランプ〜」と、今まで口にしたことのない呼称を駆使しつつ持参してもいないトランプに誘うなど、大変精力的であった。あれは一体何だったのだろう。別に酔っていたわけでもないので、毎日深夜○時に中の人が入れ替わるとかだろうか。今後の旅で、徐々に真相が解明できればと思う。

一人ごそごそと大浴場へ。まだ夜は明け切っておらず、朝風呂というよりは若干不気味な深夜風呂の風情である。しかも、使用中の脱衣かごが一つあり、先客がいるとばかり思ったのに、中に入ると人の姿がない。

私の勘違いだったかしらとシャンプーに取りかかったはいいが、ふと気配を感じて振り向くと、なんとさっきまで誰もいなかったはずの湯船に人が浸かっている。何だろうこれは。誰かが出入りする物音も、ドアが開け閉めされた様子もない。なのに突然現れた人影。あのお方はどこのどなたなのでしょう。ということを考えると怖くなるので考えないようにして、というか考えていることが相手にバレるとどんどん近づいて来る可能性もあり、するとこちらは全裸であるからしていざという時に身動きがとりづらく、いやまあ全裸といえば先方も全裸であるようだけれども、そもそも先方は着衣とか全裸とかの概念をお持ちの方なのかという問題もあり、などと考えるとだから状況は悪化しかねないので、何食わぬ顔をしてシャンプーを続けて、ああそうだ、アルパカのことを考えよう。今日は恵庭《えにわ》のえこりん村に行ってアルパカの世話をするのだ。

アルパカ。首が長くて（キリンほどではない）、毛がふわふわで（羊ほどではない）、人懐こくて（犬ほどではない）、おとなしい（猫ほどではない）という、わりと「ほどではない」派の動物である。と書くとアルパカにあまりいいイメージを持っていないと誤解されそうだが、そんなことはない。むしろ、いいとか悪いとかを超越した一貫した関心のな

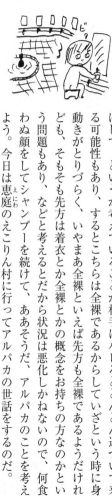

さを抱いている。唯一気になるのは名前だ。かつて「アボガド」だと思っていた果実が「アボカド」であり、「カピパラ」だと思っていた動物が「カピバラ」であった事実を鑑みるに、アルパカもまた「アルバカ」である可能性は否定できないのである。今回の旅に当たってきちんと調べようと思いつつ、ずるずると今日まできてしまった。結局、やつの名前を呼ばなければならない時は「アルパカ」と「アルバカ」を交互に言っている。案外バレないものである。

………うむ。アルパカ（もしくはアルバカ）のことも考え終えてしまった。ついでにシャンプーも終わり、身体も洗ってしまった。あとは湯に浸《つ》かるだけである。あるが、さて、さっきの方はいるでしょうかいないでしょうか！　とイチかバチかで振り返ると誰もいない。もう本当に何なのだ。底に沈んだりしていないことを確認した後、恐る恐る湯船に入る。広々としてたいそう気持ちがいい。そうだよ、せっかくの温泉なのだから、あの人のことは忘れよう、今この時を楽しもうと目を閉じる私。そして次に目を開けた瞬間、目の前に立っているあの人。

「ひ」

叫びそうになりながらも、必死の冷静さでもって、彼女の周辺に目を凝らす。と、後方に薄暗い通路がぼんやり浮かび上がり、どうやらその向こうにも浴槽があるようなのだった。つまり彼女はあちらとこちらの湯を行き来していただけであり、はっはっは。なあんだ。そんなことだろうと思ったよ。まったく人騒がせなことである。勇敢な私だからよかったが、これが臆病者のおばちゃんなら「ひ」とか言って倒れておるぞと部屋へ戻り、ハマユウさんと朝ビール。元祖K嬢に「よく朝から飲めますね」と言われたが、人知れぬ戦いでくたくたの心を癒やしているのだからそっとしておいてほしい。

そんなわけで、アルパカである。九時に宿を出発。タクシーと地下鉄とJRを乗り継いで、恵庭へ向かう。空は昨日とは打って変わって晴天だが、ICカードを忘れた私はいちいち切符を購入しなければならず、そのたびに「北大路さんもカードがあれば一本前の電車に乗れたのに」と言われて、とても暗い気持ちだ。生まれ変わったらICカードを忘れた人たちを救う活動に一生を捧《ささ》げようと心に誓う。毎日全国の駅前に仲間と立ち、カードを忘れた人に声をかける活動だ。「頑張って！」「一人じゃないよ！」「手を繋ごう！」カードを忘れたうえに見ず知らずの人間にそんなことを言われてさぞかしムッとするだろうが、私も今辛いのだから我慢してほしい。

恵庭駅前からは再びタクシーで目的地を目指す。えこりん村。名前は耳にしたことがあるものの、実際に行くのは初めてで、どんな場所なのか想像がつかない。ネットで公式サイトを見ると、「『環境負荷を軽減し、持続可能な社会の形成に貢献したい』この想い〈えこ〉を実現するために、動植物をはじめとする自然環境とのつながり〈輪＝りん〉を大切にしながら展開する小さなコミュニティー〈村〉。それが『えこりん村』です。」とあって、なおさらよくわからない。唯一わかっているのは、北海道の屋外施設である限り、この時期ほとんど雪に埋もれているであろうということだけだ。企画した元祖K嬢もさすがに不安になったらしく、タクシーの運転手さんに尋ねている。

「こんな季節にえこりん村に行く人なんています？」

「あんただよ！」

運転手さんより早く答えてしまったことを報告しておく。

午前十一時、えこりん村着。案の定、見渡す限りの雪原である。あと

岩である。岩というか見上げるような大きな石が雪の上にぽこぽこ置かれているのだ。空の青と雪の白に挟まれてそびえ立つ巨石。夏には風景として意味をなすのかもしれないが、今はどこか別の星の風景のようである。とりあえず昼食予定のレストランに荷物を預け、三十分ほど村内を散策。のつもりが、バラ園も庭園もガーデンセンターもなにもかもが得意の冬季閉鎖中であった。そりゃそうであろう。雪原に立ち、とりあえずあたりを見渡してみたが、寒いだけである。ものの十分ほどですごすごと戻る。そのまま食事。レストランの大きなガラス窓からは、夏ならば羊の放牧が見られるらしいが、もちろん今は雪原（と岩）のみである。雪景色には飽き飽きなので、景色を楽しむ代わりに、私とハマユウさんは地ビールを飲むことにする。「女性の支持が高い」銘柄を注文することで、さらなる支持固めに貢献できたと思う。

英気を養ったところで、食後はいよいよ「おとなだけのアルパカ飼育体験」である。そういう名前の体験教室なのだ。アルパカのいる「みどりの牧場」へ移動し、まずは作業服と軍手と靴カバーを身につける。参加者は全部で四人。我々三人のほかには、東京の大学に留学中だという韓国人の男子学生が一人で来ていた。元祖K嬢は予約時には、「同じ日

に一人で申し込んでる人がいますよ！　飼育体験に一人でって何で？　物好き？」と容赦ないコメントを寄せていたが、彼が真面目そうな青年であり、なおかつ自分の母校に留学中だと知ったとたんに、「なんて素晴らしい好奇心」みたいなことを言い出して、この人は思ったことを口に出しすぎではないか。

　準備が整ったところで、早速作業である。我々三人が世話するのは、モコモコ（十二歳）とクー（十歳）とハンナ（五歳）、全員メスだそうだ。広い屋内飼育場はいくつかのスペースに仕切られており、そのうちの一箇所に我々の三頭が仲良く……というより思い思いの方向を向いてぼんやり立っているのが見えた。茶の間でくつろぐアルパカ一家といった風情である。その茶の間の横には、立派な次の間。我々の最初の仕事はそこに今晩の寝床を設えることであった。

　ふかふかの麦藁《むぎわら》を敷き詰め、水と餌の乾草を配置する。餌は一頭につき一キロ。水は夜の間に凍らないよう、ぬるま湯にしておく。そうして居心地のよさそうな寝室が完成したところで、アルパカ様を迎え入れるのだ。アルパカ様は茶の間との仕切りの柵を開けるだけで、自ら積極的に次の間にやってくる。それだけ賢いなら自分たちの身の回りのことく

らい自分でやったらどうかと思うが、そういうものでもないらしい。
仕方がないので、今度は彼女たちの使った茶の間の掃除を我々が請け負う。フォークのお化けみたいな道具で、汚れた藁ときれいな藁を選別するのだ。藁の再利用のためだが、その判断がなかなか難しい。これは汚れているだろうと思っても、スタッフのお姉さんは「まだまだですね」「もっといけますね」と再利用に積極的である。やがて「きれいって何だろう」「アルパカにとっての汚いって?」などと哲学的疑問が湧いてくる。コロコロと転がるフンすらきれいなのか汚いのかわからなくなったあたりで、ようやくＯＫが出た。
あとは、明日の餌の準備をして、毛並の手入れという名のサービスタイムである。ブラシをかけるという名目で、撫で放題のサービスタイム。しかし、それが予想外に悲しかった。アルパカは春に毛を刈るそうだが、その回数が増えるほど、つまり歳をとればとるほど毛が硬くなるらしい。実際、五歳のハンナは「社長室の絨毯《じゅうたん》」(元祖Ｋ嬢談)のように指がどこまでも入っていくが、最年長十二歳のモコモコは古いバスタオルを思わせるゴワゴワの手触りである。そのゴワゴワがとても他人事とは思えないのだ。しかも名前がモコモコ。私も本名はやけにかわいらしいおばちゃんであるので、「わかるよ……お前も昔はモコモコだったんだよね」と肩をそっと撫で、種を超えた加齢の無情さに涙したのである。

と、思いがけない悲しみを胸に、「おとなだけのアルパカ飼育体験」は終了した。全体的に観光というよりは親戚の牧場を手伝った感じがするあたり、なるほど確かに大人なのである。受付へ戻る道すがら、ふと思いついてスタッフのお姉さんに、石の件を尋ねてみる。

「あの石は何ですか？」

「社長の趣味ですね」

「何か珍しい石ですか？」

「珍しくないですね」

非常に清々《すがすが》しい答えであった。それにしても、石は社長、冬季閉鎖中の豪華バラ園は社長夫人の趣味というか運営だということを聞いて、「なるなら社長より社長夫人ですね」とニヤリ笑ったハマユウさんは一体どんな黒い野望を抱いたのだろう。

以上が、「いやよいやよも旅のうち」第一弾のすべてである。いやだと言いつつ案外楽しかったではないかという私の甘い考えは、次回山梨の旅で見事に覆るのだが、それはまた別の話。ちなみにアルパカはアルバカではなく、アルパカであった。

モコモコ？　ゴワゴワ？

山梨編

富士急・青木ヶ原樹海

ここはどこ？　山梨ミステリーツアー①

六月十二日（月）

どうにも不穏な気配がする。「いやよ旅」第二弾を前にして、元祖K嬢が詳しい旅の行程を教えてくれないのだ。

目的地は山梨。当初はサファリパークや忍者のなんとかを回る予定だと聞いていたのだが、数日前に突然、「予定を変更します！　行き先は内緒です！」との連絡が来た。「これ、いやよ旅ですから！」基本的に旅嫌いの私は、「事前に旅の予習をして楽しみを膨らませる」という習性を一切持ち合わせていないので、正直予定がどうなろうが関係ないといえばないのだが、それにしてもずいぶん急なことであり、さらに「ですから」が気にかかる。いやよ旅だから何だというのか。

そうこうするうちに元祖K嬢から、「北大路さん・旅プラン」と称するメールが届いた。妙なメールであった。行き先については、「某テーマパーク」「冒険」「制作」とシンプルな記述があるだけなのに、服装規定がなぜか異様に細かい。

一日目「この日は動きやすい服装で」

二日目「汚れてもよい服装で。歩きやすい靴、長袖・長ズボン・軽い上着」

三日目「服装自由でOKです！」

OKです！　と弾《はじ》けるように言われてもな……と思いつつ、しかしここで問いただすと知りたくないことまで知ってしまいそうで、言われるままに荷造りを行う。靴に関しては、「水や泥に濡れてもいいようなもの」との追加指示まで入り、もう本当に嫌な予感しかしない。私の理想とする「旅」は、「温泉宿で朝からビールを飲みながら一歩も外に出ずに終日ぼんやり過ごす」というものであり、そのことに関しては元祖K嬢にも告げていたはずだが、どう贔屓目《ひいきめ》に見ても事態がそちらへ向かっているとは思えない。うっすら暗い気持ちで詰める荷物は、必要以上に大きく、そして重い。

「なんか大荷物になっちゃった（のでこの旅やめたい）んですけど……」

「大丈夫です！　私がお持ちします！（若いから！）」

私の言外の訴えに気づかない元祖K嬢の言外の気持ちを敏感に読み取りつつ、大荷物とともに、まずは東京を目指す。

到着後はすぐにS社の編集者C嬢と別件の打ち合わせ。その最中にC嬢がふと尋ねる。

「山梨では何するんですか?」

「テーマパークと冒険と制作だそうです」

「テーマパーク……北大路さん、高所恐怖症じゃなかったでしたっけ」

「そうですよ。イオンの吹き抜けでさえ怖いですよ」

「…………」

「…………」

「……富士急《ふじきゅう》ハイランドのジェットコースタ……いえ、なんでもないです」

うむ、なんでもないならいいのだ。そもそも私は富士急ハイランドとやらのことをまったくと言っていいほど知らない。というか、山梨についても何も知らないに等しい。山梨の思い出といえば、大学時代、静岡出身の同級生が山梨出身の先輩に、「山梨ですか! 静岡の裏ですね!」と初対面で言い放ったことくらいだ。優しい先輩であったが、あの時の一瞬の眼光の鋭さを今も覚えている。そりゃそうだ。私だって「北海道? 青森のはずれの?」と言われたら眼光が鋭くなるだろうが、それはまあどうでもよくて、とにかく富士急ハイランドのことは知らないし、

考えてもいけないのである。「ですから」の件も忘れなければならない。

その後、旅のことには極力触れずに、C嬢と一緒に飲み会へ。書評家の吉田伸子さんと元担当編集者のMっちと居酒屋で落ち合う。と、ここでもすぐに質問が飛んだ。

「山梨のどこへ？」

「テーマパークと冒険と何かの制作……」

先程のC嬢との遠慮がちな会話が再現されるかと思いきや、

「あっ！　それ富士急ハイランドだ！」

吉田さんがすべてを吹き飛ばす勢いで断言する。「絶対そう！　間違いないと思うわ！　あそこ、ジェットコースターがすごいの！　特に、『ドドンパ』ってジェットコースター、これがもんのすごく怖いの！　ネットに動画が上がってるんだけど、もうそれだけでも失神ものよー！　きっとそれ乗るんじゃない？」

こ、言葉に……。

「あとお化け屋敷！　これがまたもんのすごく恐ろしいのよ。しかも長いの！　キミちゃん、お化け屋敷平気？」

言葉に……しちゃダメ……。

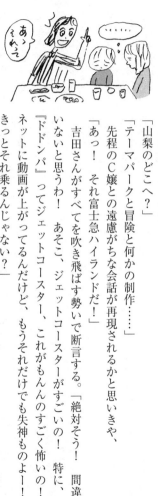

青ざめつつ、力なく首を振る私。心霊番組ですら一人で見られず、じゃあ誰かと一緒ならいいかというと、その誰かがいなくなった途端、トイレにも行けなくなる体質なのだ。お化け屋敷なんてとてもとても。動揺する私を尻目に、「元祖K嬢はすごいなあ」と吉田さんはしきりに感心している。「キミちゃんを旅に引っ張り出しただけじゃなくて、ジェットコースターとお化け屋敷の両方を体験させるなんて！」

「え……？」

「え？」

「りょ、両方なの……？」

「両方でしょう！」

目の前が真っ暗になるとはこういうことなのだろうか。ずっと感じていた不穏な気配が今はっきりと像を結ぶのを感じながら、私は吉田さんに恐る恐る尋ねる。

「吉田さんはどっちも体験済み……？」

「まさかあ！　死んじゃうもん！」

私、明日死ぬのでしょうか、お母さん。

ここはどこ?　山梨ミステリーツアー②

六月十三日(火)

午前十時、私は絶望的な気持ちで高速バスに揺られていた。あれほど嫌だと思っていた富士急ハイランドへ向かうバスだ。

行き先を確認したのはついさっき、バスタ新宿でのことである。祈るような気持ちで見上げた表示板に、『富士急ハイランド・河口湖《かわぐちこ》・山中湖《やまなかこ》』の文字を見つけたのだ。昨日、吉田伸子さんから「バスの行き先が河口湖方面だったらアウト」との情報を得ていたが、「河口湖方面」どころか初手から本名での登場に衝撃が走る。泣きそうになりながら、恐る恐る元祖K嬢に確かめる。

「あのう……富士急ハイランドですか?」

「当たり前じゃないですかー。もぐもぐ」

血も涙も手加減もない返答であり、もぐもぐしているのは、朝食のパンを食べているからである。余裕である。

そうして乗り込んだバスは、平日とはいえ外国人の姿も多く、観光ム

ードが漂っている。沈んでいるのは、私と私の前の座席のご婦人だけだ。ご婦人は出発前、手に持ったジュースを盛大にバスの床にぶちまけてしまい、旦那さんに叱られたのだ。「わかる、わかるよ、あなたの暗い気持ち……」と見知らぬ人に心を寄せる私の横では、元祖K嬢が「どうしてそんなに暗いんですか?」「遊園地嫌いなんですか?」「行ったことないんですか?」「どうしてですか?」「怖いんですか?」「何が怖いんですか?」「ジェットコースターですか?　お化け屋敷ですか?」「大丈夫ですよ!」「『楽しみー』って声に出して言ってみてくださいよ!　それで大丈夫ですよ!」「せーのーで!　楽しみー!」などと、アニメの一休さんに出てくるどちて坊やと、怪しい自己啓発指導員を足しっぱなしにしたようなことを言い続けている。これが初デートであれば、帰りには完全に別れ話が持ち上がるパターンであろう。そう言うと、

「成田離婚ですね!」

となぜかやけに嬉しそうだ。初デートだと言っているのに、どうして一気に離婚の話になるのかわからないが、問いただす元気もない。バスの中で唯一私が声を張ったのは、お化け屋敷の所要時間が約五十分と聞いて、

「五十分？　五十分もびくびく歩くの？　ばかじゃねーの！　ピクニックでもそんだけ歩けばくたくただわ！」

　と思わず悪態をついた時だけである。

　そんな私の憂鬱を知ってか知らでか（知らない）、バスは予定どおりお昼前に富士急ハイランドに到着してしまう。我々の行末を暗示するようなどんより曇った空の下、謎の巨大生物を思わせるジェットコースターの鉄骨がバス停からでも見えた。怖い大きい凄《すさ》まじい。怯える私に追い打ちをかけるように、園内から響く轟音《ごうおん》と人々の悲鳴。

「ぎゃああああ！」

「中で何かよからぬことが行われているようです。引き返しましょう」

　元祖K嬢に提案してみるも、まったく聞く耳を持ってくれない。それどころか小走りでチケット売り場へと急ぎ、数歩ごとにこちらを振り向いては、

「早く早くう！」

　と、怪しい自己啓発顔で手招きをする。神も仏もないのか……。がっくりとうなだれつつ、後へ続いたのである。

ところが、なんと神はいた。吉田さんから「もんんのすごく怖い」と聞かされていたジェットコースターの『ドドンパ』が、リニューアル工事のために運転を休止していることがわかったのだ。ありがとう、神様。入場を前に現れた神の姿は、しかし園内に足を踏み入れた瞬間、再び消えてしまった。当たり前であるが、『ドドンパ』が休みということは、『ドドンパ』以外の絶叫マシンは元気に動いているということなのだ。見れば随所に鉄骨が聳《そび》え、そこから人々がさまざまな角度で落下し、あるいは回転し、疾走し、振り回され、そして絶叫している。どれもがあり得ない高さと角度と捻《ひね》りとスピードである。一体何を考えているのか。昔、親指以外の指すべてに石鹸《せっけん》みたいな指輪をはめた熟女タレントを見た母が、「あるからといって全部つけなくていい」と言っていたが、本当にそのとおりだ。造れるからといって全部造らなくてもいい。

「どれに乗りましょう」

元祖K嬢の言葉に、はっと我に返る。そうか、私も乗るのか。「逃げたい」から「連載やめたい」まで、さまざまというよりは主に一つの感情が渦巻く中、本能がそっと囁きかけてくる。「時間が経《た》てば経つほど怖くなる。何も考えずに乗ってしまった方がいい」。その言葉に操られ

ありえない高さから、ありえない角度で落ちるのです。

たように、ふらふらと目の前のジェットコースターを指差す。

『FUJIYAMA』

かつて、高さ、巻き上げ高さ、落差、最高速度の四項目で世界一を誇り、ギネスにも認定された名機である。あるが、もちろんそんなことは後で知った。今はただ死んだ目をして行列に並ぶ。

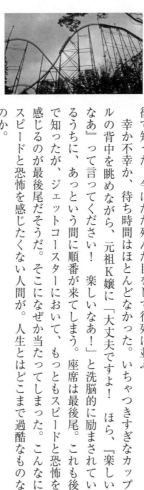

幸か不幸か、待ち時間はほとんどなかった。いちゃつきすぎなカップルの背中を眺めながら、元祖K嬢に「大丈夫ですよ！　ほら、『楽しいなあ』って言ってください！　楽しいなあ！」と洗脳的に励まされているうちに、あっという間に順番が来てしまう。座席は最後尾。これも後で知ったが、ジェットコースターにおいて、もっともスピードと恐怖を感じるのが最後尾だそうだ。そこになぜか当たってしまった。こんなにスピードと恐怖を感じたくない人間が。人生とはどこまで過酷なものなのか。

なけなしの勇気を振り絞って乗り込む。すると初心者ならではの純真な目に、『FUJIYAMA』の構造的な問題が次々と映った。まず車体が小さすぎる。これでは客はほぼ剥《む》き身ではないか。安全のためもっとこう全体を箱っぽくして、なるべく景色など見えないよう配慮すべきであろう。また、命綱ともいえる安全バーが想像以上にシンプルなのもどうかと思う。こんなことでは剝き身の私がすっぽ抜けて飛び出してしまうではないか。せめてスタッフが百回くらい安全バーの確認作業をするとか、専属のカウンセラーが現れて一人ひとりの心を落ち着けてくれるなどのサービスがあって然《しか》るべきではないか。第一、人類の幸福をどう考えているのか。我々人類が希求してきた安寧と平穏。それに逆らうようなアトラクションを運営することについて御社はどう捉えているのかというかいやいやいやちょっとおおおスタートかよ！

気持ちの整理がつかないまま、拍手とハイタッチに送られてプラットホームを出る。外に出て最初にわかったのは、「帰りたい」ということであった。既に何かの間違いではないかと心配になるくらいの見晴らしである。だが、そこからさらなる高みに向かって、車体はカタカタと上昇していく。目指すは高度七十九メートル。ばかじゃないのか。そもそも目に入る景色がすべておかしい。こんな高いところを走るにしては、車体を支えるレールが細すぎる。幅も狭すぎる。脇がすかすかすぎる。見えると書いてあった富士山も雲で全然見えない。胸に湧き上がるのは、これはもしや偽物ではないのかとの疑念だ。『FUJIYAMA』の偽物、

いや富士急ハイランド自体の偽物である。きっとそうだ。我々は偽物とは知らずに、この恐ろしい装置に乗ってしまったのだ。偽物によりどんどん上空に運ばれていく私。こ、怖い。そう口にしかけた私より一瞬早く、元祖K嬢が「怖い怖い怖い怖い怖い」と念仏のように唱え出した。さらには、十メートルおきに設置された高度表示板をご丁寧にも実況し始める。

「四十メートル！　うわあ！　五十メートル！　高い高い怖い怖い！　北大路さん！　ほら六十メートル！」

「読み上げないでよー！」

思わず声を荒らげる私。

「ええっ、どうしてですか？」

七十メートルの上空でどちて坊やになる元祖K嬢。

どうしてってあなた、恐怖をわざわざ言葉で増幅する必要はないからに決まっている。そもそもあれほど大丈夫と私を励ましていた人が先に「怖い怖い」言い出したら、私の「怖い」の行き場がないでしょうが。ここは笑顔で「楽しいなあ」でしょうが。と説明したいが、正直それどころではない。車体がいよいよ頂上部へ到達したのだ。ここから一気に

急降下である。

「ごげええええええ」

　突然、奇妙な音がどこからか聞こえると思ったら自分の声であった。最後尾の醍醐味《だいごみ》として、身体が安全バーの中で完全に浮いている。私があと五キロ痩せていたら、確実にすっぽ抜けていたと思われる。肉がついていて本当によかった、と安堵《あんど》する間もなく再びの上昇と落下で、ごげええええ。

　コースには、ブーメランターンだのカントカーブだのサーフィンコースだのとさまざまな工夫が凝らしてあり、マニアの皆様はそれをじっくり味わうようだが、もちろん私はそれどころではない。正気を保つのに必死である。当時の様子を再現するのは難しいが、できるだけ冷静かつ忠実に描写をすると、

「ごげえええええ！　いやあああ！　ぎゃああああ！　カーブううう！　なぜ曲がるううう！　横倒し横倒し遠心力うううう！　なんぞこれええええ！　偽物か偽物かあああ！　ぐげえええええ！　落ちるうううう！　落ちるっつうか死ぬううう！　死んだら化けて出るううう！　元祖K嬢のところだあああ！　あと小すば編集部うううう！　ぎゃああ

あ！　スピード！　スピード出すぎだろおおお！　なぜ曲がるううう！　危ないいい！　いやいや嘘嘘嘘！　さっきの嘘だから化けて出ないからお願いお願いもう終わって終わってうあああ右へ左へええええ！　ばかじゃねえのばかじゃねえの！　何で私がこんな目にいいいいい！　ていうか、まだ？　まだ続くのおおお？　いやあああ！　あ、止まった」

　という感じであった。所要時間三分三十六秒。スピードの割に停車はあっけなく、そんな高度な技術を持っているのなら、最初から怖くならないように工夫してほしいものである。

　腰が抜けて立てないかと危惧していたが、なんとか自力で下車。しばらく元祖Ｋ嬢と二人、呆然と立ち尽くし、やがてどちらからともなくよろよろと池に向かう。そこで一緒に足漕《こ》ぎボートに乗った。どうしてそんなことをしてしまったのかよくわからない。過度の恐怖と疲労で、魂が抜けてしまったのかもしれない。

「北大路さん、疲れてるでしょうから私が漕ぎます」

　元祖Ｋ嬢がそう気を使ってくれたが、スタートしてすぐに「私も疲れたのでもう戻っていいですか」と言い出し、ふつう一周する池を半周で帰ってきた。本当にどうして乗ったのだろう。

園内のあちこちから、人々の絶叫が聞こえる。到着して一時間も経っていないというのに、一日どころか一生分の勇気を使い果たした私は、ただそれを黙って聞くしかないのだった。

ここはどこ？　山梨ミステリーツアー③

六月十三日（火）

『FUJIYAMA』で受けたダメージは、足漕ぎボートを降りた後もじわじわと広がっていた。まず首が痛い。それから帰りたい。思い返せば『FUJIYAMA』乗車前、恐怖を和らげようと目を皿のようにして読んだ注意書きに、「前屈《まえかが》みにならないこと」というのがあった。前屈みになると、なんとかがなんとかして、結果的に首を痛めるのだそうだ。「なんとか」の部分はよく覚えていないが、首を痛めては大変だ。絶対に前屈みにならないぞと決意して乗車、そしてすぐに忘れた。それどころではなかったからだ。思い出したのは、前屈みのまますさんざん振り回されて精も根も尽き果てた後のことである。完全に手遅れ。親の意見と冷や酒は後から効くというが、ジェットコースターの注意書きもわりと後から効く。回らない首と帰りたい気持ちを元祖K嬢にアピールしてみるも、

「首が痛いんですよね」

「どうしてですか？」

「前屈みになったからだと思います」

「どうしてですか？」

彼女は彼女で『FUJIYAMA』の後遺症か、どちて坊や化が止まらず、話が噛《か》み合わない。しかも姿勢はあくまで前向きで、「次は何に乗りますか？」と攻めてくる。

「何にも乗りたくありません」

「どうしてですか？」

「怖いからですね」

「どうして怖いんですか？」

会話が不自然になる一方なので、とりあえず園内の散策を提案する。問題を先送りして、できればこのままなし崩し的に終わりたい。広い園内をあてもなく歩いた。雨は降りそうで降らず、叫び声は絶えない。常にどこからか悲鳴が聞こえてくるのだ。遊園地がこんなに殺伐としたところだとは知らなかった。もっとこうほのぼのというか、情緒的な場所だと思っていた。最愛の一人息子が突然の事故死、そのショックから酒に溺れ、仕事を失い、貯金は底をつき、妻はとうとう家を出て行った。

人生に絶望した男はある夜、路地裏に小さな遊園地を見つける。まばゆい光に導かれるように中に入ると、信じられない光景が目に入ってきた。死んだはずの息子が回転木馬に乗り、手を振っているのだ。ひと時も忘れることのなかった息子。その子が今、目の前にいる。男は思わず駆け寄り、手を差し伸べた。「おいで、おうちへ帰ろう」。息子はにっこり笑うと木馬を降り、そっと男の手を取る。懐かしい感触に涙が溢れる。「パパ泣かないで」。涙でかすむ息子の笑顔に負けじと男も笑った。よほど幸福だったのだろう。翌朝、道端で事切れている男を通行人が発見した時、男の顔には穏やかな笑みが浮かんでいた。

と、まあ死んじゃってはだめな気もするが、とにかくそのような懐かしくも切ない場所が遊園地だと思っていた。それがどうだ。この緊張と恐怖は。唯一、私の心を慰めたのは、散策の途中で入り込んだ『トーマスランド』だけだ。きかんしゃトーマスと仲間たちが優しく出迎えてくれる国。そこではトロッコみたいなジェットコースターがガタゴト走り、回転遊具が今にも止まりそうな速度でゆっくり回っている。

「これですよ！」

思わず声が出た。私が遊園地に求めていた優しさはこれなのだ。見れ

ば、はしゃぐ親子連れに交じって成人女性が一人、トーマスの引っ張る客車に乗ってランド内を黙然と巡っている。一瞬何事かと驚いたが、きっと彼女もここに真の遊園地を見つけたのだろう。同志よ。

遊園地の本質に思いを巡らせている私の傍らでは、元祖K嬢がひっきりなしに「次はどうしますか？」と生き急いでいる。

「お化け屋敷行きますか？」

「行きませんよ」

「どうしてですか？」

「怖いからですね」

「どうして怖いんですか？」

それはたぶん怖がらせるように出来ているからではないかと思いつつ、私も尋ねる。

「K嬢はお化け屋敷、平気なの？」

「平気じゃないけど、仕事なら入れます」

「じゃあ一人で入って」

「どうしてですか！」

どうしてってあなた、私は仕事でも無理であるが、元祖K嬢は仕事な

ら大丈夫なのだ。それなら大丈夫な人が行くべきであろう。実に理にかなっている。というか、彼女は「大丈夫」と言いつつ、いざとなったら先に「怖い」を連発することで、私の「怖い」を封じる術を使ってくる。あれは行き場を失った「怖い」が心の中で膨張するので、本当に厄介なのだ。

実際、この後に行った『絶望要塞2』でも、「大丈夫です、これは怖くないやつです」と断言しながら、最初の小部屋（ここのモニターでルールの説明を受ける）の時点で、「こわいこわいこわいこわいこわい」とお題目のように唱え始め、「今それ言わなくていいから！」と、同じく恐怖でパニック状態の私に半ギレされていた。当初の予想どおり、我々がカップルならば帰宅後に間違いなく別れるパターンである。ちなみにこの『絶望要塞2』は、怖いか怖くないかに神経が集中してしまい、内容をよく理解しないまま挑むことになってしまったため、

「何するの？　潜入するの？　どこに？　要塞？　何で？　何か取ってくるの？」

などとうろたえているうちにセンサージャケットを着せられ、IDカードとタイマーを渡され、迷路のような要塞に送り込まれ、そしてあっ

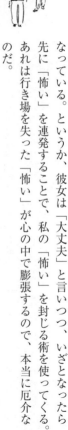

という間に監視カメラに捕捉されてしまった（私が）。あっけなく退場。元祖K嬢は怒らなかったが、これもまた別れの理由の一つにカウントされるに違いない。

その後、フードコートで昼食兼休憩。腰を下ろすと、自分がかなりへろへろになっていることに改めて気づく。日頃の運動不足と、はらはらどきどきに弱い体質のせいであろう。フードコートの窓からはウォータ一ライド『クール・ジャッパーン』が見えた。三十メートルの高さから水面に突入するコースターに、最初は「またあんな恐ろしいものを造って」と呆れていたが、疲れた頭で水しぶきを何度も眺めているうちに、徐々に「案外平気かも」という気になってくる。洗脳に近い手法であろうか。

とにかく何かに乗らねば元祖K嬢の気持ちが治まらないだろうと、食後はさっそく乗り場へ向かう。水濡れ防止のためのポンチョを買って列に並ぶ。中には既にずぶ濡れの人もいて、何度も繰り返し乗っているらしい。奇特なことであると感心する間もなく、すぐに順番が回ってきた。なんと、まさかの先頭である。いや、先頭はだめだ。恐怖とスピードを一番感じるのが最後尾ならば、もっとも迫力を感じるのは先頭だという。

まあ、そりゃそうだろうという話である。平気といってもそこまでじゃないんだと訂正したかったが、誰に申し出ればいいのかわからない。神様だろうか。などと考えているうちにスタートである。見知らぬ人の「後ろから水がくるのでふくらはぎを覆うといい」とのアドバイスに従い、足下までポンチョですっぽり覆った格好で徐々に上昇していく。「大丈夫大丈夫『FUJIYAMA』の七十九メートルに比べたらこれくらい子供だましというかまったく平気というかあああれ高い高い三十メートルってこんなに高かったたっけええ大人だましいいいいやあああカーブしないでええぎゃあああみずううううう！」となったところで終了。乗車時間の短さが素晴らしく、そして本当に水は後ろからもきた。見知らぬ人よ、ありがとう。あなたの思いを受け継いでここに書いておく。『クール・ジャッパーン』では、ふくらはぎを守れ。

　私としてはこれで帰る気マンマンであったが、「怖くないですから」と元祖K嬢に押し切られて『富士飛行社』にも挑戦した。富士山上空を遊覧飛行するという設定のフライトシミュレーションライドである。座席に座ると、目の前の巨大スクリーンに、富士山を見下ろすさまざまな風景が映し出される。その映像に連動して椅子が傾いたり、風が吹いた

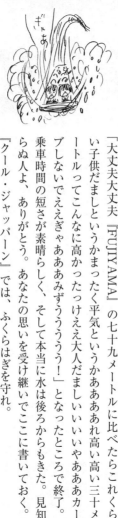

り、花の甘い香りがしたりと、まるで本当に空を飛んでいるかのような気分に浸れるのだ。これまでのはらはらどきどきを忘れる優雅なアトラクションに気持ちが安らぐ……と思うでしょう。思うでしょうが、私の場合は違った。

「ちょっと！　怖いんですけど！」

　この時点で既に高さに疲れ切っており、たとえ映像であっても「高い気がする」というだけで心が受け付けない。富士山の美しい景色は後で地べたに座ってネットで見ますね、と後半はほとんど目をつぶってやり過ごしたのである。

　食あたりならぬ「高さあたり」にやられた私は、この時点で十分よれよれであったが、そんな私に元祖K嬢は言った。

「観覧車に乗りましょう」

　彼女によると、遊園地デートで壊れかけたカップルは、観覧車で仲を修復するのだそうだ。たしかにこの一日で私たちの仲もかなり危うくなっている。カップル用のゴンドラがあるというので、復縁のためならと出向いたところ、そのゴンドラが凄《すご》かった。ハート型で座席は横並び、おまけに透明である。透明。ばかじゃないのか。カップルは物陰に隠れ

ていちゃいちゃしてこそのカップルだろう。スケスケにしてどうする。しかし私の怒りをよそに、スケスケのまま地上からどんどん遠ざかる。怖くない怖くないと自分に言い聞かせても、非常に怖い。ちょっとでも動くとバランスが崩れて観覧車ごと倒れてしまう可能性があるので、微動だにせず中空を凝視していると、元祖K嬢が外を指差しながら話しかけてきた。

「あの絶叫マシン乗りますか？」

「いやだよ」

「どうしてですか？」

「疲れたから」

「じゃああっちはどうですか？」

「いやだよ」

「どうしてですか？」

「疲れたから」

「あ、ほら後ろ向いてください」

「いやだよ」

「どうしてですか？」

「怖いから」

「大丈夫ですよ。ほらほらほら」

「立つなよ！」

と、まったく復縁の兆しは見えないのであった。

それにしても弱っていく私とは対照的に、元祖K嬢は精力的であった。『ティーカップ』では、私の制止を振り切ってカップをぐるぐる回し「酔った……気持ち悪い……」と青ざめたかと思えば、最後は一人で『テンテコマイ』にも挑んだ。三十二メートルの上空をぐるぐる公転しながら、さらにパドルを操作して自転もするという無茶な惑星みたいな乗り物である。空中を回る元祖K嬢を見上げながら、本当はもっとはしゃぎたかったのかもしれないなあとテンションの低い自分を申し訳なく思う。だんだん親のような気持ちになってきて、『テンテコマイ』から元祖K嬢がにこにこと降りてきた時には思わず手を差し伸べたくなったが、明日道端で死んでいても困るのでやめておいた。


午後四時過ぎ、ようやく富士急ハイランドを後にする。元祖K嬢は最後までお化け屋敷に未練を見せていたものの、後日S社の編集者C嬢が

「あそこのお化け屋敷、行ったはずなのにあまりの恐怖で記憶がありません」と告白したことを考えると、本当は私たちも入場したのに記憶がないだけかもしれないのだ。恐ろしいことである。

ここはどこ？　山梨ミステリーツアー④

六月十四日（水）

午前六時半、河口湖畔の宿屋で勇者は目を覚ました。元祖K嬢によると、今日は「冒険」に出かける日である。冒険といえば勇者だ。私はいつのまにか勇者になってしまっていたのだ。ゲームの『ドラクエ』なんかでは、主人公がある日突然自分が勇者であることを知るが、あれは本当だった。真の勇者とはそういうものなのだろう。

それにしても勇者は首が痛い。昨日の『FUJIYAMA』の後遺症だ。定山渓旅の犬ぞり体験ではぐにゃぐにゃの体幹を披露した勇者だが、今回は赤ん坊のようなろくに据わっていない首を露呈してしまった。ただでさえ昆虫並みの体力しか持ち合わせていないというのに、こんなことで勇者としての務めを果たせるのだろうか。不安に苛《さいな》まれながらも朝食へ出向くと、私の席には「乳製品　トマト　ダメ」と大書された好き嫌いメモが置かれており、勇者の弱点が堂々開陳されていた。魔王の手下に見られたら大変なことになる。すぐさまメモを処分し、何食わぬ顔で

乳製品とトマト抜きの朝食を食べた。勇者たるもの、食事中でも気が抜けないのだと、改めて実感する。

午前九時、迎えの車が到着し、予定どおり冒険に出発。ここで初めて正式な冒険名が『NEW青木ヶ原樹海・洞窟探検・プレミアムBコース』だと判明する。私としてはプレミアムではない、むしろレギュラーというか、なんならディスカウント的な冒険がよかったのだが、元祖K嬢にそのような甘い考えはないらしい。「冒険ですから」と気合を入れている。

車に乗り込むと、運転手役も務めるネイチャーガイドK氏のほかに、三人の先客がいた。小さな娘さんを連れた国際結婚のご夫婦だ。

「ガイド氏が仲間に加わった」
「フランス人父が仲間に加わった」
「日本人母が仲間に加わった」
「女の子（五歳）が仲間に加わった」

一気に冒険の仲間が増えた。『ドラクエ』なら楽勝パターンであり、なにより五歳の子供が参加できるコースであることに安堵した。もちろん彼女が仲間で一番力を持つ魔法使いの可能性もあるが、それはそれで

今後の冒険が楽になるので問題はない。いいことだらけではないかと油断していたところ、その後、彼らが『青木ヶ原樹海・洞窟探検ミステリーAコース』（未就学幼児可）の参加者であることを知る。我々の『プレミアムBコース』（幼児の参加不可）とはまったくの別行動だそうだ。結局、冒険のスタート地点「道の駅なるさわ」で彼らとはお別れとなる。

「三人はさびしそうに去っていった」

というか、私がさびしい。呆然とする勇者に、ガイド氏からリュックサック、ヘルメット（ヘッドランプ付き）、手袋、お弁当が手渡された。冒険の初期セットである。さらに新しい仲間のI夫妻と合流。私より少し年嵩《としかさ》のように思えるが、なにより体力や経験が見るからに上である。

「I夫妻が仲間に加わった」

彼らの合流により、私の立場は完全に「勇者兼足手まとい」となった感がある。思えば人生で一度でいいから言ってみたいセリフは「体力だけは自信がある」であった。その体力のなさを遺憾なく発揮する時がとうとうやってきたのだ。

冒険に先立って、まずはガイド氏から樹海の成り立ちについてのレク

チャーを受ける。九世紀の貞観《じょうがん》大噴火で流れ出した溶岩が何もかもを焼き尽くし、その上に長い年月をかけて森ができたという「はじまりの物語」である。流れ出た溶岩はやがて冷え、最初になんとかいう菌類が発生し、次に苔《こけ》、それからアカマツが生えた。アカマツは遮るもののない土地で陽《ひ》の光を浴びてすくすく育つが、すくすく育った自分の影で子供である松ぼっくりの成長を阻害、結局は一代で滅びるという気のいいアホの子みたいなやつである。そのアカマツ亡き後は檜《ひのき》と栂《つが》が遺志をついで現在の樹海を形成、いずれ土壌が豊かになった暁には、ブナの森へと変化して「森林の完成形」となるのだそうだ。その間、実に二千年。まったくもって気の長い話である。また、富士山噴火の可能性については、

「最後の噴火から三百年以上経ちました」

「はい」

「富士山は今も活きてます」

「はい」

「次はいつ噴火するの？」

「…………」

「いつするの？」

「………い、今でしょ」

と、これまで一度も口にしたことのなかった周回遅れの流行語を半ば強制的に言わされる羽目になったりもしたのである。

レクチャー後は車で樹海の入口まで移動。そこから森の中を歩く。勇者たるもの先頭を行かねばと思うが、地盤が溶岩である樹海には土がまだ十センチ程度しか堆積しておらず、凸凹と歩きづらい。勇者は体幹がぐにゃぐにゃなので、その凸凹の影響を直《じか》に受けるのだ。樹海の中は緑も空気も濃い。その濃い気配に染まるようにしながら、よろよろと皆の後をついていった。一見、情けないようであるが、腐っても勇者である。

サルノコシカケは樹木の枯れた部分に生えるのだと教わって以降は、実物を見かけるたびに「おまえはもう死んでいる」と宿主の木に向かって現実を突きつけるなど厳しい面も見せた。

ガイド氏の樹海愛と知識は深く、と同時にツアーを盛り上げるためにちょくちょく脅しをかけてくる。樹海の下には噴火の際にできた空洞が無数にある、それが崩れて人が中に落ちてしまうと発見はほぼ不可能、これから向かう洞窟も崩落によって現れたものである、足下は氷、しか

も勾配があるので大変危険である、傾斜を上れず帰れなくなる人もいる、一昨日も一人置き去りにした、あの人は今頃どうしているだろう……などと、明らかに野外学習の小学生向けのネタを放ってくる。

「ほら、今落ちるかもしれないよ。どうする？」

一番体力のなさそうな私を主なターゲットとして話すあたりがさすがだが、いかんせん私は勇者である。

「じゃあ一昨日置いていかれた人と中で暮らします」

と動じず、立派であった。


いくつかの小さな洞窟を見学しながら、樹海を歩いて二時間弱。森の景色が変わった。大室山《おおむろやま》のブナの森に入ったのだ。ここは貞観大噴火の時、溶岩の侵食を受けなかった山で、噴火以前の土壌豊かな森が残っているのだそうだ。なるほど地面はふかふかで、陽の光が明るく差し込み、風通しもいい。樹海は樹海で気持ちがよかったが、それとはまた違う清々しい空気に満ちている。ガイド氏が「ブナの森は森林の完成形」と言った意味がよくわかった。

ちなみにカメラマンでもあるガイド氏は、「写真家や画家は長生きするんですよ。こういうところを訪れて、さまざまな景色や色に刺激を受けるから。ダメなのは作家ですね。あの人たち、一日中机の前に座っていて絶対早死にする」と、そうとは知らずに勇者に短命を宣告していた。

ここで皆でお弁当を食べる。おにぎり三個と唐揚げと卵焼き。元祖K嬢が「唐揚げ美味しいですよ、油っぽくて」と身体の欲するままのことを口にしていたのが、若者っぽくてよかった。


さて、昼食後はいよいよ冒険のメイン「富士風穴《ふじふうけつ》」へ。国の天然記念物にも指定された大きな洞窟である。登山道から覗き込むと、数十メートル下にぽっかりと開いた入口が見えた。まずはそこを目がけて狭い通路を下りていかねばならない。片側は崖である。勇者にとってはもうそれだけで十分な冒険であったため、入口前で「あのー、ここで留守番してましょうか？」と申し出てみたが、あっさり却下された。

やはり行かねばならないのか。洞口から洞窟の底までは数メートルあるそうで、設置された梯子《はしご》を後ろ向きに下りるように言われた。内部の空気は冷たく、そして暗い。足を滑らせないよう注意しながらごつごつした岩場に降り立つと、本格的な冒険開始である。ヘッドランプの灯《あか》り

を頼りに、壁に手をつきながら一列になって進む。完全に『ドラクエ』である。しばし勇者の気分を味わっていると、

「ここから足下が氷になるよ」

と恐ろしいことをガイド氏が言い出した。

「ならないでよ」

「そして下り坂になるよ」

「ならないでよ」

「大丈夫！　ゆっくりゆっくり！　横向きでカニさん歩き！」

カニさんってあんた小学生じゃないんだからと思う間もなく、つるつるの氷に足を取られて、カニさん歩き以外に進みようがなくなる。「カニさんカニさん」と口々に呟きはじめる勇者一行。と、その時、

「うわあ！」

ついに仲間が倒れた。倒れたというか、Iさん（夫）が滑って転んだ。勇者として助けに行きたいが、正直、立っているのが精一杯である。動いたのはガイド氏であった。すかさず近づき手を差し伸べる。まるで自分こそが勇者だと言わんばかりの振る舞いでけしからんが、今はそれどころではない。とにかくカニさんだ。

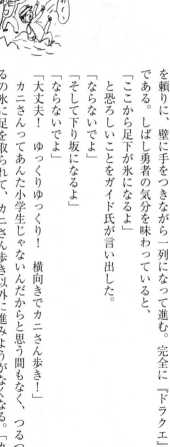

どれくらい歩いただろう。自分が一体何のために暗闇でカニになっているのかわからなくなってきた頃、小さな広場のような空間に出た。「アイスパレス」である。天井から落ちた水が凍って出来た「氷筍《ひょうじゅん》」がにょきにょきと立ち、ライトを当てるときらきらと光る。

「きれいでしょう」

「きれいです。さあ帰りましょう」

きれいだが、もう気は済んだ。勇者としては地上の平和も気になるので戻りたいのだ。ところが『プレミアムBコース』は、ここからさらに奥まで進めるのだという。何をいいことみたいに言っているのか。しかもカニでは対応しきれず、壁の金具に通したロープを伝っての移動である。自慢じゃないが、勇者、腕の筋肉が全然ない。おまけに傾斜はどんどんきつくなっている。言ってくれれば道民得意の冬靴を履いてきたものを、普通のスニーカーでは氷に太刀打ちできるはずがないのだ。息も絶え絶えの冒険は、ガイド氏言うところの最大の難所である傾斜四十五度の坂でクライマックスを迎えた。身体を支えきれずに勇者がついに膝をついて転び、その直後、

「ぎゃああ！」

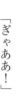

元祖K嬢がお尻で上から滑ってきた。勇者一行、かなりぼろぼろである。文字どおり這うようにしてたどり着いた最深部では、大きな氷筍が、我々のライトに照らされて何本も浮かび上がる。幻想的で美しい光景だが、勇者はとても疲れていて感動が薄い。ぼんやりとそれらを見回し、ぼんやりと記念撮影。そしてガイド氏に言われるまま、全員がヘッドランプを消した。
「これが漆黒の闇です」
鼻をつままれてもわからない闇とは確かにこのことであるが、その暗闇の中でもガイド氏は「私は先に帰りますね」と闇の中で足音を立てたりして、相変わらず小学生向けのネタ披露に余念がないのだった。
その後、ようやく地上へと引き返す。が、それは即《すなわ》ち、さっき下った傾斜を今度は上らねばならないということである。「ロープを握って腕の力で進んで」と言われたが、勇者の筋力は既にゼロである。実際、例の難所をなかなか上ることができず、そうこうするうちに脚がどんどん開き、絵に描いたような股裂け状態となって、内股がぴきぴき言い出した。こういう拷問あったよねと思いつつ、もういいよ、諦めてここで暮らすよ、皆は私のことは忘れて幸せになって、と投げやりになった時、

ガイド氏が私の踵《かかと》を自分の靴先でぐっと支えてくれた。おかげで進むことができたばかりか、よろよろになった私の腕をとっさに摑《つか》んで何度も転倒から救ってくれるなど、実に頼りになる存在となったのである。その吊り橋効果は凄まじく、命からがら地上にたどり着いた時には、「わかった……あなたが次の勇者だよ……」と自ら勇者の地位をガイド氏に譲ったのである。

午後三時、道の駅へ戻って解散。ほとんど死んだようになって宿へ戻った。『ドラクエ』なら神父に、

「おお、キミコよ、死んでしまうとは情けない」

と言われている状態であったが、勇者の座はガイド氏に譲ったからもういいのだ。

ここはどこ？　山梨ミステリーツアー⑤

六月十四日（水）

思えば、短い勇者人生だった。今朝、初めて勇者として目覚め、仲間たちと冒険（『NEW青木ヶ原樹海・洞窟探検・プレミアムBコース』）に出かけた私は、冒険終了時には既に引退の決意を固めていた。わずか九時間足らずの勇者生活。改めて言うまでもないが、引退理由はおもに「体力の限界」である。富士急ハイランドで痛めた首に加え、洞窟での氷上股裂きが勇者活動の続行を不可能にした。日頃机に向かって座りっぱなしの勇者の末路である。

冒険後、宿に帰って座り込む。このままバタリと眠ってしまいたいが、まだ午後の四時である。さすがに元勇者としてそれはどうかというか、あまりに疲れすぎて眠れない気がする。元気なのは若い元祖K嬢で、ぼんやりとテレビを眺める私の横で、洞窟の氷の上を滑り降りたお尻が未《いま》だ冷たいことに驚愕《きょうがく》していた。

「冷え冷えです」

まるでビールのCMみたいなことを言っている。樹海の洞窟の万年氷は、やはり特別なのだろうか。

それにしても、引退した勇者たちは、余生を一体どんなふうに過ごしているのだろう。たとえばゲームでは魔王的ラスボスを倒した後、仲間は皆国に帰り、それを見送った勇者もたいていは生まれ育った村に戻る。そこで幼馴染《おさなな じみ》と結婚したりするのだ。

幼馴染と結婚。つまり私も旅を終えて札幌に帰った暁には、そのような展開が待っているということだろうか。いやあ、あまりに急すぎて困っちゃうなあ、心の準備ができていないしなあなどと考えていると、暇そうに見えたのか、元祖K嬢から散歩に誘われた。もちろん暇などではなく、元勇者としての将来設計を練っていたのであるが、説明も億劫《おっくう》でそのまま散歩に出た。

河口湖畔をぶらぶらと歩く。平日のせいか人影は少ない。曇り空が広がり、湖面は静かだ。そして湖に突き出た岩の上には若いカップルの姿。逆光が二人の姿を影絵のように浮かび上がらせている。まるで映画のワンシーンのように平和で穏やかな景色だ。これが私が勇者として守った世界なのだ。感慨にふけっていると、元祖K嬢が突然笑顔で呟いた。

「私、あのカップルを邪魔したいです」

「え？」

それは一体どういう意味なのか。なぜ笑っているのか。その笑顔は本物なのか。尋ねたいことがこんこんと湧いてきたが、聞いたが最後、彼女の中から勇者でも退治できないようなとてつもなく黒いものがぞろぞろ現れそうで、言葉にできなかった。

夜は、スパサロンで全身もみほぐしとやらを予約。ばきばきになった身体をほぐしてもらいながら、「ずいぶん張ってますね、どこへ行かれたんですか？」と訊《き》かれ、

「冒険です……」

と小声で答えたのだった。

六月十五日（木）
五時半に目覚め、六時に朝風呂。大浴場へ向かう足取りがぎくしゃくしているのは、筋肉痛が始まっているからだ。さすが普段まったく運動していないだけのことはある。湯に浸かりながら点検すると、身体中のあちこちに謎の青あざもあった。いつどこでぶつけたものか定かではな

いが、いずれにせよ元勇者の勲章であろう。我ながらよく闘ったものだ。
　それなのに昨夜、元祖K嬢は、「やっぱりお化け屋敷に行っておけばよかった」と言い出した。初日の富士急ハイランドで、私が断固入館を拒否したお化け屋敷である。しつこいようだが、所要時間五十分のお化け屋敷である。その五十分があれば、未来のために森に何本の木を植えることができるのかという話である。いや、そういう話ではないが、でもそうなのである。
　あのお化け屋敷は本気で怖いと、宿の客室係の青年も言っていた。途中、ギブアップ組のための出口が何箇所か設置されているらしく、「僕は十分で出ました」と告白してくれた。二十代の青年が本気で怖がるお化け屋敷に私が入ったらどうなる。二分で死んでしまう。元祖K嬢は、「あそこでお化け屋敷行きを敢行できなかったところが私のダメなところだ。次はこんなことのないようにしよう」とわけのわからない反省をしていたが、私の命を救ったのだからむしろ胸を張ってもらいたいし、反省どころか何一つ次回に活《い》かさないでほしい。
　九時半に宿を出発。青空が見えている。山梨三日目にして初の晴れで

ある。そう、お気づきだろうか。私がこれまで一度も富士山の美しさについて触れていないことを。なにしろ見えないのである。北海道民の目に映る富士山の姿を伝えようにも、雲に隠れてまったく見えない。地元の人に「富士山はどっちですか」と尋ねても、

「あのあたりです」

と灰色の空というか虚空を指差すばかりだ。

本当に富士山は存在しているのだろうか。

いつしか胸に一つの疑問が浮かぶようになっていた。怪しいのは山梨県と静岡県だ。彼らが仕掛けた壮大な嘘に騙《だま》されている可能性がある。富士は鈍角だと太宰治は言ったが、鈍角どころか幻。太宰もグルなのだ。という、馬鹿げた妄想も今日で終わりである。見よ、この青空を。私のもやもやが晴らされる日がついに来たのだ。勢い込んでタクシーの運転手さんに尋ねる。

「富士山はどっちですか」

「あっち……だけど今日は見えないねえ」

なんでだよ！　見れば運転手さんの指差すあたりにだけ厚い雲が掛かっている。いや、さすがにそれは変だろう。そもそも雲が嘘くさい。さ

ては作り物だな。そうまでして富士山の不在をごまかしたいのか。

「ここらへんも冬は寒いよ」

　疑いを募らせる私に、運転手さんが唐突に寒さ自慢をしてきた。「札幌からいらしたんでしょ？　札幌って冬は何度くらいまで下がるの？　氷点下二十度までいく？　いかないでしょう。このへんは二十度近くまで下がったことがあるよ」。おそらく私の気持ちを富士山から逸《そ》らせたいのだろう。そうはいくかと思いつつ、なんとなく悔しいので「雪はどうですか？　札幌はすごいですよ！」と言い返すと、一瞬言葉に詰まり、しかしすぐに、

「あ、三年前！　三年前の大雪の時は大変だった！　すごく積もったから！」

　と子供のように誇ってきた。我々は何をやっているのか。

　二十分ほどで目的地到着。山の麓にある小さなガラス工房だ。ここで吹きガラス体験を行うのだそうだ。もう何も作りたくないという私の意見は、今回も却下された。

　最初に、展示されているサンプル作品を見て、自分の作りたいものを

決める。皿やグラスや風鈴やさまざまな作品が並んでいるが、もちろん私に迷いはない。作りたいものは常に一つだ。

「一番簡単なものはどれですか？」

「え？」

工房の人が一瞬たじろいだが、とにかく余計なことをしないのが、私の物づくりの基本だ。欲を出すと、取り返しのつかないことになる。

結局、丈の低いすとんとした形のグラスを作ることにした。脚や持ち手など危険なものは一切つけない。元祖K嬢は「たくさん入りそうだから！」という理由で背の高いタンブラーグラスを選んだ。

次に大きな炉のある作業場へ移動し、手順の説明を受ける。最初に吹き竿《ざお》と呼ばれる長いパイプを炉に差し込み、透明なガラスを巻きつける。それを粒状の色ガラスに押しつけて着色し、竿から空気を吹き込んで膨らませる。ガラス部分を濡らした新聞紙で成形し、再び膨らませ、底を平らにし、その底の部分に別の竿を付け、吹き竿を切り離し、切り離した部分に飲み口を作り、そこをピンセットのお化けみたいな道具でさらに広げる……のだが、とてもじゃないが一度の説明では覚えきれない。必然的に指導役の先生の言いなりになって、というかほとんど手取り足

取りの状態で作業を進める。

立ってと言われれば立ち、座ってと言われれば座り、竿を回しながら吹いてと言われればうまく吹けずに息が漏れ、力任せに吹いたら唇が切れ、そもそも回しながら吹くなんてできるわけないじゃないかと心の中で軽く逆ギレし、でも元祖K嬢はあっさりこなしていて憎く、力を入れずにと言われれば力が入り、ゆっくりと言われれば無駄に速い動きとなり、そのせいで飲み口がぐにゃりと歪《ゆが》み、それを優しく先生が直してくれ、その間、顔を上げると開け放した窓からきれいな青空が見え、ああいい天気だなあ、でも富士山は見えないんだよなあ、やっぱ富士山存在しないんじゃね？　と思い、結果としてほぼすべてが先生の手になるグラスが完成した。私の作品ではないので、とてもきれいだ。あとは熱を冷ました後に、発送してくれるという。

所要時間は一時間程度だったろうか。完成後、発送伝票に書いた札幌の住所を見た先生が、急に三年前の大雪の話を始めた。

「大変でしたよ。すごく積もったんです」

どうやら河口湖周辺の方々は、札幌をライバル視しているようだ。

自分で作った実感のまったくない吹きガラス体験で旅の予定はすべて終了。あとは東京へ戻るばかりであるが、我々には心残りが一つあった。富士山を見ていないことではない。あれは存在しないことがほぼ確定したので、もういいのだ。ほうとうである。山梨名物ほうとうをまだ食べていない。

「食べたいですよね」

「食べたいです」

この旅初めて二人の気持ちが一つになった。高速バスの時間が迫るなか、元祖K嬢がスマホで店を調べ、元祖K嬢がタクシーを呼び、元祖K嬢が行き先を告げた。私は何をしたかというと、タクシーを降りてから店まで走った。元祖K嬢も走ったが、悪化する筋肉痛に苦しむ私の方がより必死に走った。

「ほうとうとビールを！」

なんとか無事に乾杯。旅の終わりをしみじみ寿《ことほ》ぐ。実はこの後、初日以来のどちて坊やと化した元祖K嬢が、

「どうしてそんなに変な動きなんですか？」

「どうしてそんなに痛いんですか？」

「どうして脇腹まで筋肉痛なんですか?」

と、筋肉痛に苦しむ私にどちて攻撃を仕掛けてくるのだが、それはまた別の話。今は最高の笑顔を向けあうのだった。

岩手編

花巻，遠野，盛岡

めくるめく岩手ファンタジー①

十一月十五日（水）

ここのところ自転車のことばかり考えている。正確には、「自転車に乗って転んでその拍子に死んでしまう」ことばかりである。死ぬのはもちろん私だ。

転倒パターンはいくつかある。走行中にバランスを崩してふらふらと川に落ちる。脇を走る車に煽《あお》られて車道に倒れる。飛び出してきた子犬を避けようとしてトラックと正面衝突する。原因はさまざまだが、いずれにせよ悲惨な事故であり、どう頑張っても助かりそうにない。我ながら本当に気の毒だと思う。

事故現場は岩手県の遠野。今回の「いやよ旅」の訪問地の一つである。その街なかで、私は自転車もろとも大惨事に巻き込まれるのだ。とはいえ、実際には一度も訪ねたことのない場所なので、想像の中の遠野である。想像の中の遠野は、我が家の近所の風景に酷似しており、そこに私の想像力の限界を見るわけだが、とにかく近所に酷似した遠野で私は自転車に乗り、転び、そして死んでしまうのだ。事故の瞬間が繰り返し目に浮かぶ。もう何度死んだことだろう。少なく見積もっても、この一週間で五十回は死んでいると思う。

悲しい。自分で言うのもなんだが、できれば私にはもう少し長く生きていてほしかった。

どうしてこんなことになってしまったのか。はじまりは元祖K嬢から送られてきた一通の添付ファイルであった。旅の日程が書かれたそこに、「レンタサイクル」の文字を見つけてしまったのだ。驚いて読み進めると、旅の二日目、どうやら我々はレンタサイクルで遠野の街を走るらしい。そしてなんとかという神社へ行き、元祖K嬢の恋愛成就を「願っていただきます」とのことであった。

恋愛成就……。

いや、それ自体は別に構わないというか、恋愛に関して縁起の悪そうな私に祈られて元祖K嬢は大丈夫かと逆に心配になるくらいだが、問題はそこではなく自転車である。ちょっと聞いてほしい。

私、もう三十年近く自転車乗ってないの。

最後に乗ったのは、たしか元号が昭和から平成に変わった年だ。その

年に本州から北海道へ戻り、それまでの自転車生活から一気に車生活へと移行したのだ。今では徒歩数分のコンビニに行くにも車である。冬などフロントガラスの氷を溶かす間に、歩いて行って帰って来られるんじゃないかと思うが、それでも車だ。

そんな私が今さら自転車とは。ましてやこの三十年、ろくに運動をしなかったせいで体幹や首筋がぐにゃぐにゃになってしまったことは、前回までの「いやよ旅」で証明されてしまった。元祖K嬢に不安を訴えると、

「大丈夫ですよ！　電動アシストの自転車にしましたから！」

とまったく的はずれなことを言う。電動アシスト自転車など三十年前にはまだ存在しなかったというのに、なぜそれを乗りこなせると思うのか。黒電話の時代の人にスマホを与えて、いきなり「ほら、ググって」と言うようなものではないのか。

以来、私の頭の中は自転車一色になってしまった。この原稿も旅日記と銘打ちながら、未だ自転車のことしか書いておらず、しかしさすがにそういうことではいけないので、ひとまず話を進めたい。

午後の飛行機で花巻《はなまき》へ飛ぶ。新千歳空港からはわずか一時間ほど。眼

下に広がる雲を眺めながら「こんな景色ももう見納めかもしれない。なぜなら明日私は自転車事故でこの世を去る気がするから」と感傷的になっているうちに到着である。何年か前に金沢へ行った時には、その予想外の遠さに、「北陸の『北』は北海道の『北』とはまったくの別物であり、いうなれば他人の空似」と悟ったが、しかし東北の「北」は正真正銘の親戚筋だとわかった。これほど近いのだから、同じ「北」同士、今後はもっと親身な親戚付き合いを心がけるべきであろう。盆暮れの付け届けを受け取る心づもりもある。

いわて花巻空港からは、タクシーで宮沢賢治記念館へと急ぐ。そこで東京組と合流することになっているのだ。山の中腹に建つ、物静かな佇《たたず》まいの記念館である。車を降りて坂を少し上ると、猫のオブジェが二匹、事務机に座った形で出迎えてくれる。童話『猫の事務所』に出てくる猫たちだ。一匹は黄色の「虎猫」、もう一匹は耳と鼻が黒いところを見ると、おそらく「竈《かま》猫」だろう。

「やあ、こんにちは」

うっかり優しい言葉をかけそうになるが、しかし原作を思い返すと、浮かんだ笑みも消えてしまう。この事務所の実態を私は知っている。虎

猫を含めた猫たちが、よってたかって竈猫のことをいじめているのだ。そのせいで竈猫は、弁当も喉を通らないほど悲しい思いをする。そしてついには「晩方まで三時間ほど泣いたりやめたりまた泣きだしたり」するのであるが、ほかの猫は「そんなこと、一向知らないといふやうに面白さうに仕事を」し続けるのだ。

まったくひどい話だ。虎猫も本来ならこんな風に竈猫と机を並べていられる立場ではないだろう。そう思って一人憤慨していたが、後に判明したところによると、実は竈猫に見えたのは三毛猫だそうだ。だが、三毛猫も所詮は事務所のメンバー。つまりはいじめっ子二匹が訪問者を出迎えていることになる。ますます混乱する話ではないか。いいのか、それで。

出迎え役に対するまさかの問題提起を終えたところで、東京から一足先に到着していた元祖K嬢、イラストレーターの丹下京子さんと合流。丹下さんにはいつも原稿が遅くてご迷惑をおかけしているのだが、今回は一緒に旅までしてくださるということで、大変心強い。「いざとなれば原稿を書かなくてもイラストだけでいいけんじゃね？」という心強さである。

そのまま三人で展示室へ。中は、「科学」「芸術」「宇宙」「宗教」「農」など、賢治の心象風景を形づくるいくつかのコーナーに分かれて

おり、それぞれのテーマにふさわしい賢治ゆかりの品が公開されている。作品メモをはじめ、教師や農業技師時代の資料も多く並べられ、宮沢賢治という人間を、さまざまな角度からあぶり出しているのだ。が、彼の才能を受け止める器がないせいか、私の感想はどうにもぼんやりしている。本人が集めたという岩石の標本を見ては「石……」、直筆の地質図を見ては「地図……」と思うのがせいぜいだ。

唯一、親近感を覚えたのは、直筆原稿の混沌《こんとん》ぶりで、校正や推敲《すいこう》が細かく書き込まれた原稿用紙を見ていると、赤字でぐちゃぐちゃになりがちな自分のゲラを思い出さずにはいられない。元祖K嬢が、

「北大路さんのゲラみたい……」

と呟いたので、やはり皆同じことを思ったようだ。毎回申し訳ないことであるが、これからは宮沢賢治と同じだと思って辛抱してもらいたい。

それにしても、よくぞこれだけの物が残されているものだと感心する。生前、作家としてはほとんど芽が出なかった人間の原稿である。しかも完成稿は少ない。「雨ニモマケズ」の手帖《てちょう》など、サイズは小さいし、次のページにみっしり「南《な》無妙《むみょう》法蓮《ほうれん》華経《げきょう》」と記されていて心の闇的なものを感じるしで、私なら絶対捨てている。そういう人間なのだ。本当に

私が賢治の遺族ではなくてよかったと、日本中の賢治研究者には胸を撫で下ろしてもらいたい。

記念館の後は、山道を下って「宮沢賢治童話村」へ移動する。広い公園のような敷地内に「銀河ステーション」「ふくろうの小径《こみち》」「山野草園」「賢治の学校」「賢治の教室」など、賢治童話をイメージしたいくつものエリアが設けられている。芝生が広がり、よく晴れた初夏の昼下がりに訪れるととても気持ちがよさそうだが、あいにく小雨が降る肌寒い十一月の閉館時間一時間前とかである。あたりはほぼ無人。その代わりといってはなんだが、散策路には「熊出没注意」の看板が立っており、まさに賢治の愛した花巻の自然を満喫である。

最初に「賢治の学校」へ。張り切って飛び込んだはいいが、何の予備知識もない我々は、「ファンタジックホール」と名付けられた最初の部屋で、まずまごついた。壁も床も天井も真っ白な部屋に、これまた白い椅子がぽつりぽつりと何脚か置いてある。どうしていいのかわからず、とりあえず三人で腰掛けた。

「休憩所……？」

たぶん違うと思うが、結果としてしばしの休息をとることとなり、その後、宇宙の部屋、天空の部屋、大地の部屋、水の部屋へと進む。万華鏡の中に入り込んだり、巨大な草木や昆虫の世界を散歩したりと、そのどれもが独特の世界観に立脚した不思議な空間である。脈絡のなさが妙に現実的で、なんというか、まるで誰かの頭の中を覗いているような感覚だ。

「誰かって誰……?」

「宮沢賢治……?」

「ですよね……」

などとぼそぼそ言い合いながらすべての部屋を見終えたところで、時刻は午後四時前。四時半の閉館まであまり時間がない。そのまま外へ出て、「賢治の教室」へと急いだ。

「賢治の教室」はログハウス群である。小さなログハウス四棟に、それぞれ「植物」「動物」「星」「鳥」「石」と、ここでも賢治童話を彩るテーマが割り振られている。当たり前だが隅から隅まで宮沢賢治一色の施設で、もし本人がこれを見たらどう思うだろうとつい考えてしまう。驚くだろうか、感激するだろうか、それとも「酒」「女」「博打《ばくち》」みたいなカ

テゴリーが一切ないことに安心するだろうか。「いやあ、ストイックに生きてきて本当によかったっすよ」とか。

と、感傷的な気分に浸っているうちにも、どんどん日は傾きはじめる。薄闇が広がり、人の気配は完全になくなって、まるで世界に我々三人だけが取り残されたようだ。静寂があたりを包み、そのあまりのもの寂しい景色に、もしかすると我々は本当に賢治の童話の世界に入り込んでしまったのかもしれないと不安になる。物陰から山猫がひょいと現れて、「さあさあ、こちらへ」と我々をどこかへ案内しそうな雰囲気だ。このまま二度と元の世界には戻れないかもしれない。歩いても歩いてもどこにも着かないのだ。そう考えて悲しくなったその時、ふいに煌々《こうこう》と灯りの点《つ》いた賑やかな建物が目に入った。

「人間界だ！」

駆け寄るように近づいてみると、そこは売店。若い娘さんたちが笑顔で土産物を選んでいて、賢治幻想すら一気に現実に戻す物欲の力を見せつけられたのであった。

人間界に無事戻ったところで、童話村から花巻駅へ向かう。さらに列

車で遠野へ移動するのだ。と、駅で不思議なことが起きた。切符が消えたのだ。元祖K嬢から切符を手渡され、改札機を通り、目の前の列車に乗っただけなのに、発車前にはもう跡形もなく消えていた。さすが岩手、座敷わらしがここまで出張してきていたずらしたのかしらね、うふふ、との夢のある解釈を披露する間もなく、

「八百四十円もしたのにー」

と元祖K嬢が糾弾する。

「降りる時に払います……」

しょんぼり言うと、

「いえ、それは三人分の領収書があるから、事情を話せば大丈夫だと思います。思いますが、でも八百四十円ですよ！」

と八百四十円の部分で、何かのスイッチが入るようであった。遠野までの一時間、さすがの私もいたたまれず、じっと俯《うつむ》いていた……かというとそんなことはなく、「明日、私が自転車事故で死んでしまったら、きっと彼女はこの時のことを切なく思い出すだろう。気の毒に」と元祖K嬢に同情することで乗り切ったのだった。

めくるめく岩手ファンタジー②

十一月十五日（水）

午後七時前に遠野に到着。花巻駅出発時に失くした切符は、とうとう見つからなかった。同じ四人がけの席で一部始終を目撃していた地元のおばさんが、私の目を一瞬強く見つめてから先に降りていったのは、「きっと見つかるよ！」のエールだったのだろう。そう思い、ぎりぎりまで捜してみたが無駄だった。改札で駅員さんに事情を説明し、三人分の領収書を見せると、

「ほんとはダメだけど、まあ今日だけですよ。これからは気をつけてよ」

と注意されて放免。元祖K嬢に「叱られちゃいましたね。大人なのに叱られちゃいましたね」とダメを押されながら外へ出る。日はとっぷりと暮れ、駅前といえども、かなりの暗闇である。一番明るいのは交番で、しかも建物の形が河童《かっぱ》を模していてかわいらしい。

そういえば花巻では街中どこを見渡しても宮沢賢治に関する物であふ

れていたが、遠野に着いた途端、駅のポスターやオブジェなどあたりは河童だらけとなった。遠野といえば民話の里。何が街の観光収入を支えているのか、とてもはっきりしていて好感がもてる。我が街札幌も、「ラーメン？　時計台？　あとなんだ？　雪……？」などと散漫な商売をしている場合ではない。しかも時計台、イメージと違いすぎてがっかりだと評判だぞ。

　小雨の中を宿まで歩く。元祖K嬢によると、我々が泊まるのは、「ひょっとすると座敷わらしが出るかもしれない宿」なのだそうだ。なんだか控えめというか微妙に自信なさげであるが、

「座敷わらしが出るといわれている有名どころの旅館は年単位で予約がいっぱいだったけれども、ここは空きがあったうえに、座敷わらしの噂がまったくないわけではない良い宿なのだ」

ということである。そういえば花巻での休憩中に、元祖K嬢に突然、

「夜中に座敷わらしが出るかもしれませんが、北大路さん、一人で寝られますか？　大丈夫ですか？」

　と訊かれた。宿の部屋が三人一緒に寝るには狭いらしく、二対一に分かれるのだという。だからどうした。子供じゃあるまいし、一人で寝ら

れないわけがないだろう。第一、私は原稿を書くためにここまでやってきたのだ。座敷わらしが現れたら大歓迎。怖いどころか、むしろ積極的に添い寝したいくらいである。

などと答えるつもりはさらさらなく、

「わかりません！」

と正直に申告する。「部屋を見てみないことには、なんとも言えません！」

思い出してほしい。私は山梨旅の富士急ハイランドで、どれだけ「仕事です」と言われようとも、お化け屋敷を全力で拒否した女である。作り物のお化け屋敷がダメで本物の座敷わらしは大丈夫、という道理はないだろう。お化けと妖怪は違うと言われても、それはそちらの世界の都合である。人間界では同じようなものだ。ちなみにお化け屋敷に関しては、山梨旅の夜、宿の客室係の青年が言った、「あれ、すごく怖いですよ。ゾンビが追いかけてくるんですよ」との言葉に、元祖K嬢が、

「そうなんですってね」

とさらりと答えていたのが忘れられない。おい、そんなことは一言も聞いとらんぞ。私が鉄の意志でもって断ったからよかったものの、そう

でなければゾンビとの追いかけっこの館に放り込まれたということではないか。油断も隙もあったものじゃない。今回の座敷わらしの件にも何か裏があるかもしれず、軽はずみな返事をするわけにはいかないのだ。元祖K嬢は丹下さんにも同じ質問をし、

「わかりません！」

と言われていた。そりゃそうですよ。

十分ほどで宿に到着。こぢんまりとした二階建ての民宿は、板張りの床や廊下の照明が昭和の下宿を彷彿《ほうふつ》させて、どことなく懐かしい雰囲気がする。が、懐かしさと一人部屋問題とは別である。早速、皆で部屋を確認し、「ここで一人で寝ること」をそれぞれ想像した結果、暗黙のうちに三人が同じ部屋でぎゅうぎゅう詰めで寝ることに決定した。

そのぎゅうぎゅう詰めの部屋には、オーブとやらが飛んでいるらしい。夜、我々の様子を写真に撮っていた元祖K嬢が、「見てください！　オーブが写ってますよ！」と興奮気味に報告してくれたのだ。見ると、確かに小さな丸い点がいくつも写っているが、そもそもオーブの価値がよくわからない。丹下さんも同じらしく、「え？　これレンズの埃《ほこり》じゃないの？」とあっさり言い、私は私で風呂上がりの濡れた髪のまま、ぬぼ

ーっと写っている自分の姿がオーブより奇怪で密《ひそ》かに震えていた。
日付が変わる頃、三人で川の字になって就寝。座敷わらしは夜中にいたずらを仕掛けに来るらしいので、一応心の準備をして床につく。するとどうだろう。明け方、枕元をばたばた歩く足音で目が覚めたではないか。部屋の中はまだ真っ暗である。暗闇の中、誰かが歩いている気配だけがすぐ近くでするのだ。これはどうしたらいいのか。二人を起こすべきだろうか。しかし、声を出すと座敷わらしが消えてしまう可能性もある。かといってこのまま私だけが目撃してしまうと、幸福を独り占めしてしまう。座敷わらしは見た人に幸せをもたらすと言われているのだ。ここまできて、そんな薄情なことができようか。と激しく葛藤しているうちに、足音は私の枕元をすたすたと通り過ぎ、やがて扉がパタンと閉まる音がした。どうやら隣の部屋の人がトイレへ行く物音のようであった。壁が薄いのも昭和の下宿の特徴である。

十一月十六日（木）

その後も座敷わらしが現れることなく、無事に朝を迎えた。七時過ぎ、丹下さんが自宅の娘さんにモーニングコールをしているのをごろごろし

ながら聞く。

「もしもしー」

「んー」

「起きた？　ちゃんと起きた？」

「んー」

「寝ちゃダメだよ！」

「んー」

「早くして」

「んー」

「学校に遅れるよ！」

「んー」

んー、と答えているのは、なぜか元祖K嬢である。丹下さんが娘さんに話しかけるたび、布団にくるまった元祖K嬢が返事をしているのだ。どういうことだろう。元祖K嬢も丹下さんの娘なのだろうか。

午前九時、タクシーで遠野観光へ出発。空気は冷たいが、晴れている。非常に残念としか言いようがない。このままでは自転車に乗れてしまう。今日は午後からレンタサイクルで街を回る予定があり、即ちそれは私が

三十年ぶりに自転車に乗るということなのだ。しかも電動アシスト自転車。そんな未来の乗り物を乗りこなせる気は一ミリもしない。というか、事故を起こして死んでしまう予感しかしない。岩手に来る前から「雨で中止」を願っていたが、あいにくの晴れである。残る希望は「実は丹下さんが自転車に乗れないこと」しかなくなってしまった。藁にもすがる思いで、丹下さんに「自転車、乗れますか？」と尋ねてみると、

「もちろんです！　毎日乗って買い物に行ってますよ！　バリバリですよ！」

との返事があった。まあ、そうですよね……。そうじゃなければこんな予定は立てないですよね……。バリバリですか……。

暗い気持ちの私を乗せて、タクシーは鍋倉《なべくら》城址《じようし》を目指す。「野生のカモシカがいるんですよ」という運転手さんの話を聞きつつ細い山道を上っていくと、突然視界がひらけた。そこが今は公園となった鍋倉城の跡だそうだ。あたりを見渡すと、さすがの山城、眺望が素晴らしい。街が眼下に広がり、まさに殿様が眺めるにふさわしい景色である。見ているうちに、いつものように独裁者への野望がふつふつと湧いてくる。私も独裁者になって街を見下ろしたい。あ、いや、とりたてて街は見下ろし

たくはないが、自転車などという危険な乗り物を即刻廃止したい。それが困るというなら、独裁者である私が自転車に乗らなければならない日は、道路をすべて通行止めにして自動車を一切走らせないようにする。そうして車に煽られることなく車道の真ん中をゆうゆうと行くのだ。それが国を治めるということだ。

ちょっと自分でも何を考えているのかわからなくなった頃、運転手さんがカモシカを発見して、私たちを呼んでくれた。

「ほらほら、あそこ」

指差す方には道路脇の斜面からカモシカが二頭、こちらを見下ろしている。慌ててカメラを構える我々をじっと見つめ、動じる素振りがまったくない。落ち着き払ったその態度といい、独裁者を見下ろす視線といい、もしや山の神ではないかと思う。

（神様？　神様ですか？）心の中で語りかけると、

「いかにも我々は山の神じゃ。キミコよ、よく見抜いた。褒美としてお前に力を授けよう。この世から自転車を消し去る力じゃ」

という声が聞こえるかと思ったが、まったくそういうことはなく、寒くなってすごすごと車へ戻った。

その後、車は五百羅漢へ。二百年余り前の大飢饉《ききん》で亡くなった人々への供養として、お寺の住職の手によって江戸時代に彫られた羅漢像なのだそうだ。「ちょっと行きましょう」と運転手さんに言われ、軽い気持ちで後をついていったところ、ちょっとどころかあなた、結構な急斜面である。体力のない私は、「登山？　登山なの？　聞いてないよ？」と混乱しつつ必死で後を追う。しかも足下には大きな岩がごろごろしていて、非常に歩きづらい。一体どこまで上らねばならないのか、肝心の五百羅漢はどこにあるのか、と思っていたら、そのごろごろとしたたくさんの岩の表面に彫られているのが羅漢像であった。なるほど、年月とともに薄れ、風化し、苔むしているものの、よくよく見れば確かに人の姿である。自然の岩に彫られているため大きさも形も不揃《ふぞろ》いで、うっかりすると見逃してしまいがちだが、しかし一度そうとわかると、目に映るのは単なる斜面ではなく、一面の供養塚である。

これを飢饉の犠牲者を悼みながら、素人の住職が一体一体彫り続けたのだと思うと、なんだか胸に迫るものがあった。知らなかったとはいえ、それを「邪魔くさい石だなあ。いっそ平らに舗装して遊歩道にしてくれ

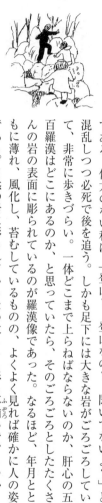

よ」と思った私の間抜けさも同時に胸に迫る。数が多すぎてどこに手を合わせればいいのかわからないので、なんとなくもにゃもにゃと合掌した。

それにしても、案内役の運転手さんは私より年配の方だったが、革靴のまま前日までの雨で濡れた斜面をすいすい上り、帰りは我々の様子を気にしながら後ろ向きで下りたりして、どうも只者《ただもの》ではないのだった。この身軽さ、もしやカモシカの化身だろうか。ということはこの人が山の神かもしれない。そう思い至り、どうか自転車に乗らなくて済みますように、と後ろ姿にこっそりと祈ったのだった。

めくるめく岩手ファンタジー③

十一月十六日（木）

五百羅漢で思いのほかへろへろになったところで、「でんしょうえん」へ向かうと告げられる。頷《うなず》いてみたものの、実は自転車のことで頭がいっぱいだった私には、「でんしょうえん」がよくわからない。何かを伝承するのだろうが、それが一体何であるのか。車中では運転手さんが、「まがりや」「おしらすさま」「うま」などと頻《しき》りに言っている。ヒントだ。推察するに「昔、この地にまがり屋と呼ばれる米問屋があった。その主はがめついと評判の意地悪じいさんであったが、彼には若く美しい嫁がいた。色白で柳の葉のような体つきの嫁を、村人はシラスの化身だと噂した。主が漁に出た時、助けたシラスが恩返しのために嫁となったのだ。嫁は働き者だった。おかげで店は繁盛、大きな蔵がいくつも建った。そんなある年、村を飢饉が襲った。村人はまがり屋へ押しかけ、蔵の中の米を出すよう迫った。しかし、主が村人を虫けらのように追い返すと、それに怒った村人の一人がまがり屋に火をつけた。火は三日三晩

燃えた。四日目の朝、焼け跡には黒焦げになった主と、大きなシラスが横たわっていた。不思議なことに、シラスの真っ白な体には、煤《すす》ひとつ付いていなかった。村人はシラスを手厚く葬り、『オシラス様』と呼んで、村の守り神としたのだ」という言い伝えがあって、それを伝承する施設かと考えたが、米問屋がなぜ漁に出るのか、嫁は別に村を守っていないのではないか、馬が出てこないがどうした、などと次々疑問が湧いてきて、自分でも正解のような気がしない。なんだよ、シラスの化身って。

もやもやしながら、伝承園《でんしょうえん》へ到着。案内板によると案の定、私の推理はすべて間違っていた。正しい伝承園とは「遠野地方のかつての農家の生活様式を再現」した施設のことで、曲り家は母屋と厩《うまや》が合体した伝統的な家、「おしらすさま」だと思ったのは、「オシラサマ」であった。「飼い馬に恋をして夫婦にまでなった娘に怒った父親が馬の首を切り落としたところ、首と娘がともに天に昇ってオシラサマになった」という、こう、わりと突き抜けた感じの神様らしい。言うまでもなく、シラスとは一切無関係である。

運転手さんのガイドを受けながら、園内を回る。茅葺《かやぶき》屋根の曲り家が

あり、柿の木があり、水車小屋があって、見た目としては完全に「日本昔ばなし」である。だだっ広い道路の両端に、雪と寒さに強いごつんとした建物が愛想なく並ぶ北海道の地からやってくると、それだけで感慨深い。これぞ情緒というものであろう。我々も道路を広げればいいというものではないのだ。

そのまま曲り家の中を見学。古い伝統家屋にはあちこちに薄暗がりがあり、いかにも座敷わらしが潜んでいそうな造りである。しかし、

「これ、冬は寒いんじゃないの？」

「この部屋、冬、寒いよね」

「ここも冬、寒すぎない？」

と、防寒面からのみ家屋を語る道産子《どさんこ》の悪い癖が出てしまい、なかなか当時の暮らしに思いを馳《は》せることができない。調度品や民芸品など、見るべきものはたくさんあったはずだが、結局、一番熱心に眺めたのは、「両陛下御使用の御品」として展示されていたスリッパや靴べらや座布団で、私の情緒面の不足も明らかになってしまった。ちなみにスリッパはなにやら上品な緑色の布でできており、座布団は「笑点」なら三回くらい面白いことを言わなければ敷けないほどの厚みがあった。やはり全

て特注品なのであろうか。
　母屋から延びる廊下の先には、オシラ堂があった。六畳ほどの広さのお堂に、千体の「オシラサマ」が納められているという。この場合の「オシラサマ」は、馬や娘の顔を彫った木の棒に、願い事を書いた布を着せた人形だ。それが千体。話を聞いただけではピンとこなかったが、お堂に入った瞬間に思わず「うお」と声が出た。壁一面にびっしり置かれた人形と、直筆の願い事の圧力がすごい。空気が違うというか、突然の異空間である。まったく心の準備ができておらず、「願い事を書いていきますか？」と運転手さんに訊かれた時も、腰が引けてつい断ってしまった。情けないことである。それにしても、日本人の「とりあえずなんでも饅頭《まんじゆう》と神様にしとく」能力の高さよ。この分ではシラスの神様も本当にいるかもしれない。

　伝承園を出た後は、カッパ淵を目指す。河童が棲むと伝えられる川だ。私は子供の頃から河童はいると信じているので、高まる気持ちを抑えきれない。まずは常堅寺《じようけんじ》へ。ここの境内を通ってカッパ淵へ行くのが一般的なコースなのだそうだ。境内には頭のてっぺんが凹《へこ》んだ「カッパ狛《こま》

犬《いぬ》」がいるので、皆で狛犬様にご挨拶をした。絶対載せられているだろうなと思っていた小銭が、まんまと頭の皿に供えられているのを見て満足である。とりあえず饅頭と神様にしとけば安心なのと同じように、神社仏閣の窪みには小銭を置きたくなるものなのだ。金額を数えようと思ったが、情緒不足のうえに下世話なのがバレては困るので、そこは思いとどまった。

境内を抜けて裏へ出ると、目の前を小川が流れている。その小川がカッパ淵だ。小川といっても川幅は広く、流れも速い。両岸には緑が鬱蒼《うっそう》と茂り、川の上に大きくせり出している。草木の陰になった淀《よど》みは深く暗い。覗き込むと吸い込まれそうである。その中で一瞬きらりと光って見えたのは、もしや河童の目玉だったのだろうか……ということは全然なく、さらさらと流れる本当に小さな川であった。水深も浅く、夏には子供がはしゃいで水遊びをしそうな、明るく開放的な雰囲気に満ち溢れている。もちろん、だからといって河童が実在しないというわけではない。その子供たちに交じって、いつのまにか相撲をとったり尻子玉《しりこだま》をとったりしているのが河童なので、その点はまったく問題ないのだ。ただ、あまりに見晴らしがよすぎるため、河童の巣が見つかってしまわないか

と、それだけが少し心配であった。人間にめちゃくちゃにされなければいいが……と案じる私に元祖K嬢が、
「きれいなところですけど、思ってたのとちょっと違いますよね……」
と声をかけてきた。心配顔の私が、がっかりしているように見えたのかもしれない。が、そもそも時計台を有する街で生まれ育った私に何を言っているのかという話である。観光地は「思ってたのと違って」からが勝負であろう。

　川の淵を三人でぶらぶら歩く。河童の姿が見えないのは、想定内だ。彼らはそんなヘマはしない。岸から川へ向かって釣り竿が一本、伸びている。餌がしおしおに萎《しお》びたキュウリであるところをみると、これで河童をおびき寄せようという算段だろう。しかし、河童は賢い。釣り竿のすぐ横の祠《ほこら》には新鮮な野菜やお菓子などがたくさん供えられており、絶対そっちを狙うであろう。

　最後まで河童には会えなかったが、帰りに常堅寺にお参り。「河童の巣が人間に見つかりませんように」とお願いをする。タクシーに乗り込んでから、河童界の存続にかかわる願い事であるのに、お賽銭《さいせん》が五十円では少なかったかもしれないと後悔の念が湧いた。というか、「今日の

『死ぬ気しかしない電動アシスト自転車街巡り』で死にませんように」
と、そっちのお願いもすればよかった。

そう、オシラサマにおののき、河童界の行く末を案じている間も、私の心の中には常に「転んで死ぬ気しかしない電動アシスト自転車街巡り」があったのだ。予定では今日の午後である。刻一刻とその時間が近づいている。何を見ても「これが今生で見る最後の景色かもしれない」と泣きそうになる。私としてはこの切なさを皆で共有したいのに、そう口にすると、最初のうちは優しく「そんなことないですよ。長い距離じゃないですし、みんなで行けば無事に戻れますよ」と励ましてくれていた元祖K嬢と丹下さんが、

「ああ、もう大丈夫大丈夫」

と、軽くあしらうようになってしまった。つらい。転んで死ぬ時は二人の目をしかと見て、

「どこに……逃げても……きっと……迎えに行く……」

と言い遺《のこ》そうと決めた。


そんな気持ちのまま、デンデラ野へ向かう。かつて姥捨《うばす》ての風習があ

ったとされる場所だ。車窓を流れる枯れ野原のもの寂しい風景が、今の私の心境にぴったりである。途中、細い橋のたもとに、小さなレリーフ板のようなものがちらりと見えた。男の人が子供を背負っている風なデザインで、この川での人命救助の美談が言い伝えられているのかと思ったら、

「あれは母親をデンデラ野へ捨てに行く息子です」

と言われ、「あ……そりゃそうですよね……」と項垂《うなだ》れる。むしろなぜ人命救助の美談と思ったのか、自分がわからない。

車を降りて少し歩く。デンデラ野は高台にあり、「たぶんこんな小屋に住んでいたのではないか」と考えられている藁小屋が復元されていた。とても小さい。その小さな小屋のあたりから集落を見下ろす。冷たい風に吹かれながら、老人たちはどんな思いでここから村を眺めたのだろうと考える。風の音はどれだけ恐ろしく聞こえただろう。雪の日はどれだけ寒かっただろう。家族のことがどれだけ恋しかっただろう。ようやくの情緒の芽生えであるが、無情にも時間切れ。芽生えた情緒に浸る間もなく、次の場所へ移動である。

「遠野ふるさと村」でこけしの絵付け。

今何をしたくない？　と訊かれれば、「こけしの絵付けをしたくない」と答えるくらいしたくないものである。だからといって「転んで死ぬ気しかしない電動アシスト自転車街巡り」を前倒しされても困るわけで、ほかに選択肢はない。

「遠野の昔ながらの山里を再現した」というだけあってふるさと村の景色はのどかな田園風景そのものだ。移築された曲り家が点在し、その間に田畑が広がり、水車小屋や炭焼小屋もある。景色を楽しみながら、てくてく歩いて工房へ。中へ入るとすぐさまのっぺらぼうの白木のこけしが一人一体与えられた。それに水性絵の具で顔や体の模様を描くのだという。

「こけしに決まりはありません。自由にどんどん絵付けしてください」

そう言われて悩んだ末、常に無難を目指す私は、へのへのもへじを描くことにした。下手に目を描くことで、そこに邪悪な魂が宿るのを恐れたからだ。ほかの二人はと見れば、丹下さんはさすがプロの技術で本格的なこけしに挑んでおり、その横で元祖K嬢は何の迷いもなく全身を茶色に塗っている。犬だそうだが、相変わらず大胆な人である。

絵付けに要した時間は一時間ほど。感想としては、「こけしは顔より

可愛いこけしたち。

胴体の表面積の方がずっと大きいことを忘れるな」ということに尽きる。そうとは気づかず、剝き身の鮭《さけ》みたいな色にべったり塗ってしまった私が言うのだから間違いない。

「なぜピンク……？」

と元祖K嬢に訊かれたが、私もまったく同じ気持ちだ。剝き身の上にへのへのもへじ。不気味としか言いようがない。

ちなみに私の鮭を笑った元祖K嬢の全身茶色の犬こけしは、なぜか下の部分だけが数センチ塗り残してあり、理由を尋ねると、「全部同じ色だと気持ち悪いと思って」と答えた。しかし、どうみても、塗り残しのある方が気持ち悪い。ぜひ写真をご覧いただき、読者の皆様の判断を仰ぎたいところである。

めくるめく岩手ファンタジー④

十一月十六日（木）

お昼過ぎ、こけし作りを終えて工房の外へ出ると、頭上には青空が広がっていました。東北の目にしみるような美しい空。しかし、それは絶望の空でもありました。突然の雨でこの後の「レンタサイクルで遠野の街巡り」が中止になりますように。そう願った私の思いは届かなかったのです。予定は間違いなく決行。つまり、私が出発前から怯えていた「三十年ぶりに乗る自転車（しかも初めての電動アシスト付き）を乗りこなせずに転んで死んじゃう」妄想が現実へと一歩近づいたのです。

「晴れてますね」

「遠野ふるさと村」の穏やかな景色のなか、丹下さんが呟きます。

「あ、馬がいる！」

動物好きの元祖Ｋ嬢が、嬉しそうに駆けだします。山梨旅で高所恐怖症の私をジェットコースターに、そして今から三十年ぶりの自転車に乗せようとしている元祖Ｋ嬢ですが、動物にはとても優しいのです。

すべてが儚《はかな》く遠く見えます。風に舞う枯れ葉も、馬の静かな目も、弾むような元祖K嬢の背中も、なにもかもがどこか現実離れしています。それを見つめる私自身ですら、私であって私ではない気がします。どれくらい私ではないかというと、文体が「ですます調」に突如変わってしまうくらいの私ではなさです。これを書いているのは本当に私なのでしょうか。

「なんてかわいいんだ！」

馬を眺めながら元祖K嬢が言います。とても楽しそうな声です。元祖K嬢の恐ろしいところは、その楽しそうな声のまま、

「いつか馬に乗る旅にでましょうか」

と悪魔の言葉を吐くところです。何を言っているのでしょう。絶対自分が乗りたいだけではないか。というか嫌。そんなことをしたら必ず死にます。今日を生き延びても馬で死ぬ。あるいは今日死んで、馬でも改めて死ぬ。

のどかな風景とは裏腹に、私の心は乱れます。浮かんでは消える、泡のような思い。この世に確かなものなど何もないのではないか。ふいにそんな気持ちに襲われます。私が私であることすら不確かなら、今日の

予定はもっと不確か。消えてなくなっても構わないのではないか。そういった哲学的思いをこめて、「自転車やめましょうか」と二人に提案したところ、「だから大丈夫ですって！」と口々に言われてしまいました。単なる臆病発言だと思ったのでしょう。私は孤独でした。

「遠野ふるさと村」を出て、遠野駅へ向かいます。駅の中だか隣だか近所だかにある観光協会で自転車を借りるのです。あまりに嫌すぎて記憶が定かではありません。けれども、スタッフのお兄さんのことは覚えています。てきぱきと自転車を用意してくれました。サドルの高さを調整し、発進のタイミングや電源の扱いやギアの切り替えについても指南してくれました。なんという頼もしさでしょう。この人なら私の不安を払拭してくれるかもしれない。そう考え、「乗れる気がしないんですけど……」と心情を吐露すると、「大丈夫ですよ。普通の自転車と同じです」と励ましてくれました。

「いえ、その自転車が三十年ぶりなんです」

「そっちですか！　あっはっは」

終了。笑われて終了。本当に孤独です。

電動アシスト自転車に乗っても一人。

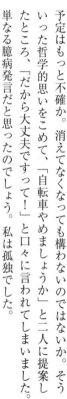

咳をしても
ひとり
放哉
ゲホ
自転車に乗ってもひとり
公子

尾崎放哉《おざきほうさい》もこんな気持ちだったのでしょうか。違うでしょう。違うでしょうが、お兄さんにも見捨てられた今、もう後戻りはできません。まずはサドルにしっかり腰掛けます。その体勢から漕ぎ出さないと、電動アシスト自転車の場合、何かが何かになってどうにかなるのだそうです。理屈を覚える余裕はありませんでした。お兄さんに見送られ、ぐいとペダルを踏み込みます。

「いってらっしゃい！」

「うぇぬ！」

　思いのほか勢いよく飛び出してしまい、気持ちも身体も立て直せないまま自転車だけが進みます。

「のうぇ、まままって、うぃや、ふ、ふらふらする、のののの、うお」

　予想以上にペダルが軽く、記憶以上にハンドルがぐらぐらして、想像以上に私が動転しています。自転車ってこんなにぐらぐらする乗り物だったでしょうか。もっとこう、しゃっとしてしゅっとなってキッと止まるみたいなゆのののの止まれないいいい。ブレーキのタイミングがよくわかりません。あとなんかぐらぐらします。いや、ぐらぐらすることはも

う言いました。混乱しているうちに、最初の目的地であるお寿司屋さんに到着。出発からわずか三十秒後のことで、よくこの近場で昼食の予約を入れてくれたと元祖Ｋ嬢を褒め称えたい気持ちです。ここで一旦、気分を落ち着けたい。

「乗れてるじゃないですか」

丹下さんが嬉しそうに声をかけてくれました。ええ、そうなのです。とりあえず乗れることはわかった。わかったけれども乗りこなせるかどうかは微妙。中途半端な事態に、ただ曖昧に笑いながらお寿司を食べました。お寿司はとても美味《おい》しく、人生最後の食事にふさわしい味がします。もうどこにも行かずにこのお寿司屋さんで生涯暮らしたい。それが無理なら（無理です）、今すぐ引き返して自転車を返却したい。

「それも無理です」

元祖Ｋ嬢に言われました。今から卯子酉《うねどり》神社へ行くのだそうです。卯子酉様は縁結びの神様。そこで元祖Ｋ嬢の恋愛成就を祈願しなければならないのです。

人の幸せを祈って倒れるなら、それもまた運命。

高僧のような気持ちでいよいよ出発です。先頭は元祖Ｋ嬢、その後に

丹下さん、そしてしんがりというか遅れ気味に私がよろよろとついていく布陣となりました。人が多くて走りづらい駅付近をなんとか抜け、あとは人通りの少ない街道を神社へ向かうだけ。とほっとしたのも束《つか》の間、進むにつれ歩道は狭くなり、かといって車道を走れば車がすれすれを、いや、すれすれじゃないかもしれないけれども体感的には身体から五センチくらいのところをびゅんびゅん走り、その風圧で倒れそうになる自転車を立て直そうとしてもハンドルは相変わらず生まれたての子鹿の脚よりぐらぐらと頼りなく、まったく首が据わっていない。というか、それは脚なのか首なのか。いいえハンドルです。などと錯乱しているうちに、今度はサドルからお尻が滑り落ちそうになります。たぶんコートの生地がつるつるしているのでしょう。ただでさえバランスが取れないところにもってきて尻が安定せず、気がつけば前を行く二人の背中はどんどん遠くなり、焦ってスピードを上げるとバス停にぶつかりそうになり、バス停を除《よ》けると電柱にぶつかりそうになり、それを避けると側溝に落ちそうになり、もういっそのこと俺を轢《ひ》いてくれと車道に飛び出しかけるけれども、いや早まってはいけないとにかく真っ直《す》ぐ走ろう真っ直ぐ真っ直ぐと思えば思うほどなぜか縁石が近づいてきて、ああ縁石が縁石

が縁石があああ……ごっ！

死んだと思いました。縁石に乗り上げると同時に自転車が傾き、身体が放り出されそうになります。その脇を車が猛スピードというのは嘘ですが、わりと普通のスピードで走り抜けます。いやああ！

その時です。心にふと「伝承園」の風景が浮かびました。そして思い出しました。日本昔ばなしのような情緒的な家並みを前に、「我々北海道民もだだっ広い道路ばっかり造ればいいってもんじゃない」と反省したことを。私は愚かでした。今ならわかります。

「道路は広げてなんぼ！」

もし今日という日を生き延びたなら、残りの人生をかけて伝えたい言葉です。

そんなわけですから、命からがら卯子酉神社に到着した際には、心身ともに憔悴《しょうすい》しておりました。元祖K嬢と丹下さんが、

「軽くて楽々でしたねえ」

「すいすい進んで気持ちよかったです！」

と笑い合っていますが、とても同じ乗り物に乗った感想とは思えません。やはり私は孤独でした。

境内前に自転車を止め、そこから小さな鳥居をいくつかくぐります。まず目に飛び込んできたのは、「赤い風景」でした。ぽつんと建つ祠《ほこら》。その周りの木々にロープが渡され、たくさんの赤い布が結ばれているのです。オシラサマと同じ、布に願い事を書いて納める方式のようでした。

「○○君とつきあえますように」

「○○ちゃんと結婚させてください」

「○○さんと結ばれますように」

さすが縁結びの神様です。ストレートな願望が渦巻く様に一瞬たじろぎましたが、それが愛というものなのでしょう。何一つ確かなものなどない世界、せめて愛だけでも信じたいと人は思うものなのです。さあ、私たちも元祖K嬢のために祈りましょう。丹下さんが元祖K嬢に尋ねます。

「誰か好きな人はいるんですか？」

「え？　いませんよ！」

こんにちは。いない人との恋愛成就のために命がけでやってきた高僧です。

いやあ、びっくりした。いませんか。せめて「え？　どうかしら。う

ふふ」ともじもじする芝居の一つも打ってくれると格好がつくというものですが、その手のサービスもありません。でもまあ、いないなら仕方がない。「元祖K嬢に良縁がありますように」とだけお願いして、再び命がけで駅に戻りました。

帰り道にも二回ほど「死んだ」と思った瞬間がありましたが、目に見えない何かに護《まも》られるようにして、なんとか無事にたどり着きました。一体何に護られたのだろうと後で考えたのですが、おそらく切符だと思います。遠野へ向かう列車の中で一瞬で失くした切符、いい歳して駅員さんに叱られてしまったけれど、あの切符が私の身代わりになってくれたに違いありません。そうでなければ、あれほどきれいに消えるはずがないのです。不思議な話ですが、ここは民話の里の遠野。どんな奇妙なことも、ありえないことではないのです。

と、きれいにオチがついたところで、盛岡《もりおか》へ。今度は切符を失くさないように用心して、一時間半の列車の旅を満喫しました。満喫というかほとんど寝ていました。やはり疲れたのでしょうか。私のライフは既にゼロです。このまま宿へ向かい、風呂に入ってビール飲んでだらだらしたいと全身が訴えていますが、しかし、そうはいきません。なぜなら、これからわんこそばに挑戦しなければならないからです。

その日のうちに東京へ戻る予定の丹下さんも誘ってみたところ、「そんなに食べられないから」ということでした。ですよね！　ふつう、蕎《そ》麦《ば》ってそんなに食べられないし、食べるものじゃないですよね！　ビール飲めなくなっちゃうし！　と元祖K嬢に聞こえるように言ってみたものの、もちろん相手にしてはもらえません。その元祖K嬢は、わんこそば前だというのに、盛岡駅のお土産《みやげ》物売り場であらゆるお菓子に目移りしながら試食しています。正気でしょうか。そして、ますます混沌が深まる岩手旅日記、一体いつになったら終わるのでしょう。

めくるめく岩手ファンタジー⑤

十一月十六日（木）

わんこそばには、大きく分けて二つの問題がある。

一つはビールが飲めないこと。もちろん禁止されているわけではないが、量を稼ぐことが是とされるわんこそばの最中に、ビールでお腹を膨らませるのは邪道であろう。

もう一つの問題は、私がさほど大食いではない点である。むしろ食事は日に五～六回、そのたびに少量をちまちま食べたいという、手のかかるヒヨコ体質なのだ。たとえ仕事であっても、すぐに「そんなに蕎麦ばかり立て続けに食べずともいいのではないか」などと、わんこそばの存在意義に疑問を呈する可能性もある。それではせっかくのわんこそばが台無しだ。最初から食べない方がいい。元祖K嬢にもそう訴えてみるが、にこにこ笑いながら「大丈夫ですよー」と言うばかりである。そうであった。彼女は自転車の時も、事故の気配に怯える私を何の根拠もない「大丈夫ですよ！」の一言で最後まで押し切ったのであった。いわんや

わんこそばをや。もう誰も頼りにできない。一人で対峙《たいじ》するのみだ。コースは二種類。値段の違いは、薬味の皿数と食べ終えた後のお椀《わん》の処遇に反映されるという。お安い方のコースは食べ終えたお椀を厨房《ちゅうぼう》に下げるが、お高いコースではテーブルに置いたまま。つまり食後に「うずたかく積み上げたお椀の横で満腹顔」という、我々の思うわんこそばのイメージそのままの写真が撮れるのだ。観光客の「せっかくだから」心をくすぐる、実によくできたシステムといえよう。昔、恐山《おそれざん》で「いたこ」の人が「口寄せを録音して帰り、親族に聞かせるのは構わない。しかし再生は一度だけ。それ以上再生すると機械が壊れる」と話すのを聞いた時も、いろいろな意味でとてもよくできた話だと感動したものであるが、それと似ているような気がする。と思ったけれど、よくよく考えると全然似ていなかった。どうして似ていると思ったのか。とにかく我々も、せっかくだからとお椀積み上げコースを選んだ。

薬味は豪勢に九種類である。海苔《のり》や胡麻《ごま》、なめこおろしに一升漬など、味に変化をつけて頑張ってくれということであろう。新人さんなのか、どこか初々しい雰囲気のお姉さんが給仕についてくれた。

「いただきます」

それが開始の合図である。すぐに最初の蕎麦がお椀に投入された。

「美味しいですね！」

「美味しいですね！」

元祖K嬢と声を揃える。ほんの一口分ではあるが、蕎麦の香りがしっかり感じられるのだ。しかし、その蕎麦を味わっている暇は我々にはない。

「はい、じゃんじゃん」

「はい、どんどん」

お姉さんの合いの手とともに次々と蕎麦が投入される。それを次々と食す。あらかじめつゆにくぐらせた麺は喉越しがいい。

「これ、いくらでもいけるんじゃない？」

力が漲《みなぎ》る感じがする。すぐにギブアップするのではないかとの心配は、完全に杞憂《きゆう》に終わったようだ。それどころか胃に入った感覚すらない。お姉さんの言うように、じゃんじゃんどんどん食べられる。まるで霞《かすみ》だ。

聞くところによると、女性の平均は四十～五十杯らしい。このままいけばあっさり突破できるばかりか、最高記録を塗り替えてしまう気配すらある。一体どうなっているのか。ひょっとすると自転車で転びかけた

時に、私の身体に何か変化が起きたのか。たとえばエレメントパワー的なものが体内に宿ったか、あるいは本当は転倒事故で既に死んでいるかだ。死んでいるとは知らずに、仕事をまっとうしようと、魂だけがやってきたのだ。

なんという健気《けなげ》さ。というか、もしそうなら実際に新記録を達成してしまうかもしれない。これは大変なことになった。念のために尋ねた店の最高記録は、「某女性フードファイターの五百杯超え」だそうである。五百杯。以前、家の近くの焼肉屋に女性フードファイターが大食いの仕事後の打ち上げでやってきた時は、一人で十人前だか二十人前だかを食べたと言っていた。肝心な数字の記憶があやふやでまったく信憑性《しんぴょうせい》のない話に聞こえるが、でも本当である。恐るべし女性フードファイター。

よし、私も負けてはいられない。

改めて気合を入れ直した直後、しかし私は人体の不思議を知ることになる。

「なんか急にお腹いっぱい」

今の今までヒヨコが鷲《わし》に成長したような勢いでトップを狙っていたのが、突然の満腹である。もう蕎麦とか無理。一本たりとも入らない。す

ぐにでも止めたいが、わんこそばは止めるのが難しいと聞く。お椀に蓋をしようとする客側と、そこを「まだまだ」と言いながらこじ開けて蕎麦を入れる給仕側の攻防が繰り広げられるのだ。「ここは私が」「いやいや私が」というレジ前のやりとり的様式美であろうか。考えただけで面倒くさいので、お姉さん相手にダメ元で正面突破を試みてみる。

「あの、次で終わりにします」

「あ、はい」

あっさり認められてしまった。本当に新人さんだったのかもしれない。結果として私は四十二杯、元祖K嬢は四十八杯。どの口が最高記録を狙うとほざいたのかという、見事な平均値っぷりである。しかし人間の元祖K嬢は別として、私はヒヨコなのだ。四十二杯はヒヨコの国ではチャンピオンであろう。

食後、積み重ねたお椀の横で写真を撮り、わんこそば記録の「證明書」をもらって終了である。帰り際、店内にスーツ姿のビジネスマン、特に上司と部下と思しき組み合わせが多いことに気づいた元祖K嬢が「もしや上司に無理やり連れて来られて、食べたくもないわんこそばを食べさせられているのでは……？」と突如意識高い感じのことを言い出

したが、おや、奇遇ですね、私も今まさに別に食べたくはなかったわんこそばを食べさせら（略）。

満腹を抱えつつ、今夜の宿があるつなぎ温泉へ。途中のドラッグストアで胃薬を買って、ヒヨコの面目躍如である。ところが、到着した宿の部屋には、おにぎりと味噌汁《みそしる》の夜食が用意されており、「これが宿を選ぶ決め手だったんです！」と元祖K嬢が喜んでいる。彼女はコンビニで甘いものを調達済みで、まさか本気でおにぎりを食べるわけじゃないだろうなと思ったら本当に食べていた。「家系的に好きなものを好きなだけ食べても太らないのは三十三歳まで」とのお母様の教えがあるらしく、「それまでは」との気持ちが漲っている。

一方の私はビールもあまり進まず、胃薬だけをしおしおと飲んだ。部屋に冷蔵庫がないため、残ったビールを二重窓の二枚のガラスの間に置くという北国の知恵というか常識を久々に実践する。元祖K嬢は、「それで冷えるんですか？」と半信半疑のようだったが、この季節だともちろん冷える。窓は二重に、道路は無駄に広く。それが北国からのメッセージである。

夜中、テレビを観ながらうとうとしかけた時、小さな女の子がどこからかぱたぱたと駆けてきてテレビの前にちょこんと座った。一瞬、「座敷わらし?」と驚いて目が覚めたが、ここはそういう宿ではないので単なる夢である。もしこれが昨日だったら座敷わらしと認定され、がっぽがっぽと幸運が舞い込んできたかもしれず、非常に残念である。

十一月十七日(金)

二ヶ月ぶりに日記の日付が変わったことに、書きながら感動している。永遠に終わらない十六日を生きていかねばならないかと思った。本当によかった。

六時起床。朝風呂を楽しんだ後、ビールを飲みながら旅の記録をメモする。こういう時は湯呑《ゆのみ》にビールを注ぐと、まるでお茶を飲みながら仕事に励んでいるように見えるのでお勧めである。

十時、タクシーで盛岡駅方面へ戻る。今夜のトークイベントの準備をしなければならないのだ。誰のトークイベントかというと私である。私が喋《しゃべ》るのだそうだ。

どうして。

いや、盛岡のさわや書店さんが企画してくださったからなのだが、だ

からといってどうして私は引き受けたのか。そもそもが人前で話のできるような気の利いた人間ではないのだ。わかっていたはずなのに、「うん」と言ってしまった。魔が差したとしか思えない。

考えると落ち着きがなくなるのであまり考えないようにして、まずは盛岡駅で身柄引き渡しの儀に臨む。東京へ戻る元祖Ｋ嬢から、トークイベントのためにやってくるＰＨＰ研究所の編集者Ｙ氏へと、私の身柄が引き渡されるのだ。その直前まで「今から『やっぱイベントやめます』と言った際に起きるであろう不都合や損失や飛び交う怒号」などについてシミュレーション。なけなしの信用も仕事もなくし、あっさり路頭に迷うと結論が出たあたりで引き渡し終了。路頭に迷うのは困るが、わんこそばの成功例もあるしと、念のため正面突破を試みてみる。

「あの、イベントやめたいんですけど」

「はっはっは。お昼、冷麺食べます？」

さすが大人である。洟《はな》も引っ掛けない。わんこそばのお姉さんとは全然違う。しかも、冷麺を食べながら「電動アシスト自転車のハンドルがやたらグラグラしたのですが、あれはそういう乗り物なんですかね」と世間話的に尋ねたところ、「腕の筋力がないんじゃないですか？」と、

身も蓋もない返事が返ってきた。おそらくは正解であろうが、これだから大人は嫌なのよ。

イベントの打ち合わせまではまだ時間があったので、昼食後はY氏の引率で「光原社」へ。若き日の宮沢賢治の、生前唯一の童話集『注文の多い料理店』を出版した版元である。盛岡駅から歩くこと数分。緑の多い静かな敷地内には喫茶店や民藝品店とともに、賢治にまつわる資料館もある。せっかくなので中に入ると、直筆原稿や写真など貴重な資料が集められている。光原社の創業者が盛岡高等農林学校の後輩ということもあって、賢治の才能と人間性に対する敬意が感じられる展示だ。賢治は作家としては成功しないまま生涯を閉じたが、この友情は、どんなにか賢治の力になったことだろう。

という私の感慨を遮るように、Y氏が突然、「とても恐ろしいものを見つけてしまいました……」と言い出した。見ると、『「注文の多い料理店」出版事情』と書かれた文章で、一見、出版に際しての若い二人の情熱的エピソードが綴《つづ》られているようだが、よくよく読むと、「無謀な企て」「もののはずみ」「イバラの道」「予算のないくせに」「作者は無名」「販路がなく」「書価も高い」「売れない三拍子が見事に揃い」「廊下に山積みされた童話集」などと胸が潰れるような文言が散見される。まったく売れなかった『注文の多い料理店』の裏「事情」が赤裸々に記されているのだ。

身につまされるというか、孫子の代まで伝えちゃったかというか、これを読ませたのは、「こうならないためにも、今夜のイベントをしっかり務めて本の宣伝もするように」とのＹ氏の無言の圧力かもというか、とにかく複雑な思いに震えながら光原社を後にした。ちなみに今回で終わるはずだった岩手編が終わらないことにも今、震えている。

めくるめく岩手ファンタジー⑥

十一月十七日（金）

それにしてもどうしてトークイベントを引き受けてしまったのだろう。ホテルにチェックインし、部屋で一人になると、改めて後悔の念が襲ってくる。なんとか逃れる術《すべ》はないかと、祖父母をはじめ鬼籍に入った親戚縁者を片っ端から思い出し、「絶対にトークイベントを引き受けてはならぬ。もし引き受けた際には天は裂け、地は割れ、世界中の動物が人語を喋りだし、地球滅亡の呪文を唱えはじめるだろう」というような遺言がなかったか考えてみたが、もちろんなかった。誰か一人くらい気の利いた人間はいなかったのか。我が先祖ながら、がっかりである。

三時、重い足取りでY氏と共に打ち合わせに向かう。さわや書店フェザン店の田口《たぐち》店長、インタビュアー役で岩手のご当地アイドル「チャーマンズ」のメンバー武部《たけべ》夏妃《なつき》さん、今回のイベントを積極的に進めてくれたというPHP研究所の営業担当Z嬢と顔合わせ。進行などを確認した後にビールに移行する。なぜビールかというと、緊張をほぐすためで

あるが、結論としてはビール一杯くらいでは緊張はまったくほぐれないことがわかった。

　そんな私をリラックスさせるためか、田口店長がご自身の酔っぱらいエピソードを披露してくれた。「泥酔して家に帰って玄関の鍵を開けたところで力尽きて、上半身だけドアの中に入れたまま寝ていた」という話であり、あまりの豪快さに目眩《めまい》がするが、しかし冷静に考えるとそんな不用心なくまのプーさんのような人がいるとは思えないので、緊張のあまりどこかで記憶違いが生じたのかもしれない。実際はどうだったのか、正解が気になるところである。

　その田口店長と司会の武部さんは、ぴったりと息が合っている。今までにも何度かイベントを経験しているらしい。ということは、二人がいれば私がいなくても大丈夫であろう。むしろお客さんもしどろもどろのおばちゃんを見るより楽しいに違いないと思い、そう提案してみると、

「そういうことではないです」

　あっさり却下されてしまった。そういうことではないらしい。うむ、当たり前である。さすがの私も覚悟を決め、よし、いつまでもグチグチ言っていても仕方がない、このあたりでいい加減腹をくくって前向きに

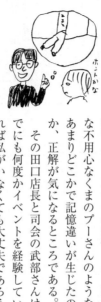

明るく精一杯頑張ろう！　と思ったかというと、それができるような人間ならもっと出世しているのだ。

　案の定、その後もホテル内にある会場（ダイニング&バー『ジョバンニ』）を見ては「こ、こんな立派なところで」と腰が引け、人数分にセッティングされたテーブルを見渡しては「こ、こんなにたくさんの人が私を見るとは」と挙動不審になり、ダイニングバーであるのに私の著書に出てくるおでんや焼き鳥なども用意してくださっているのを知って「ま、まるで私のイベントみたいじゃないですか！」と一人、動揺し続けていた。本当にしつこい。

　サイン色紙を作成しながら、ふと我に返り、田口店長に「こんなにグズグズ言う人、今までいました？」と尋ねてみると、間髪を容《い》れず、

「いません」

とのことである。でしょうね。

　午後七時、イベント開始。

　私があまりにグズっているため、「いっそ北大路さんがどこかへ逃げてしまったことにしましょう」との田口店長の提案で、ほかの参加者の

皆さんに交じって「北大路公子行方不明」の報を聞くことになった。

「どこにもいらっしゃらないんですよね」

「ええっ！」

と驚いたふりをしているうちに、本当に「あの女、こんな大事な時にいなくなるなんて無責任な！」という気持ちになってきたので、ビュッフェの列に並びながら見知らぬ方と
「北大路さん、どうしちゃったんでしょうね」

「まったくこんな時にねー」

「あ、でも、そんなこと言って、本当はこの中にいるかもしれませんよね」

「ですねー」

などと言葉を交わした。

会場には武部さんのファンの方たちもいらしており、北大路公子行方不明中の時間を利用して彼女を撮影していた。真剣にカメラを構える彼らと、にこやかにそれに応える武部さんを目の当たりにし、アイドルのすごさをつくづく実感する私。「どれだけカメラを向けられても、全然挙動不審にならない……」。どうしたらそんなことが可能なのか、間近

で見てもまったくわからない。おそらく人間の作り自体が違うのだろう。しかし、いつかはその境地に達したいので、今度生まれてきた時は私もアイドルになりたいと思う。

皆が料理を取り終わったところで、往生際悪くようやく登場。その後はビールを飲みながらのトークや、抽選で当たった方とバーカウンターでサシ飲みをする「きみこママ」のコーナーなどを経て、ラストのサイン会まで無事に終えることができた。一杯のビールでは緊張をほぐすことはできないが、たくさん飲むとわりといけることがわかり、有意義で楽しい時間であった。それにしても、本当に周りの方は大変であったろうと思う。ありがとうございました。

ちなみに「きみこママ」では五人の方と数分ずつお話をすることになっていたが、最後に急遽《きゅうきょ》、敗者復活的な抽選が追加された。突然の決定に場は盛り上がり、私も一体どんな人が当たりを引いたのか、なかなかくじ運の強い人ではないだろうか、とわくわくしながら待っていると、現れたのは、明日、一緒に盛岡見物をしようと約束していた東京の友人であった。

「なぜ……あんたが当てる……」

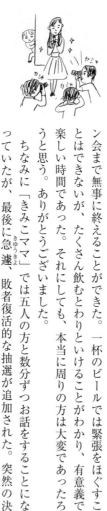

「いや、ほんと……こんなところで運を使ってしまって……」

顔を見合わせながら、思わずしみじみと飲んだのである。

十一月十八日（土）

七時過ぎに起床、朝風呂。バスタブに浸かりながら昨夜のことを思い出そうとするも、慣れない時間を過ごしたせいか、あるいは酒のせいか、記憶の細部がぼんやりしている。まるで夢の中の出来事のようだ。いや、ひょっとすると本当に夢だったのかもしれない。本当の私は遠野のレンタサイクルで転び、頭を強打するかどうかして眠り続けているのだ。そういえば、ずっと頭の中がわんわん鳴っていた。それも治療の影響の可能性がある。

もちろん、夢なら夢で構わないとも思う。昨夜のイベントも、終了後にホテルのＹ氏の部屋に押しかけて缶チューハイを飲みながらコンビニのおにぎりを食べた（食べたんです）のも、部屋に戻って服のまま倒れるように寝た（寝たんです）のも全部夢なら、いっそその方がいい。そう思いながら、ホテルの朝食会場へ。Ｙ氏、Ｚ嬢と一緒に朝食をとる。よれよれの私を尻目に、若いＺ嬢はとても元気であった。「私、どれ

だけお酒を飲んでも食欲はなくならないんです！」と頼もしいことを言いながら、生ハムを食べている。眩《まぶ》しくて正視できないが、そのパワーで私の本を毛沢東《もうたくとう》語録くらいたくさん売ってほしいと心から願った。

帰りの飛行機までは時間があるので、今日の予定は盛岡の街の散策である。昨日、敗者復活の当たりくじを引いた友人ぶーやんと、にごちゃん、そしてY氏の四人で街へ繰り出す。初めての盛岡だが、歩けば歩くほど他人とは思えない。いや、他人と思えないというのも変だが、街の中を川が流れていて、川辺には木々が繁《しげ》り、その向こうに山がそびえていて、どことなく馴染み深い光景であることは確かである。

「なんか札幌っぽくない？」

スマホで撮った写真を地元の友人に送ると、

「残念ながら似ておりません」

と、今朝の札幌の画像が送られてきた。見るとそこには一面の雪景色。確かに未だ紅葉が残る盛岡とは似ていないが、そういうことではない気もする。

盛岡城跡公園から櫻山《さくらやま》神社へ。神社で暮らしていると思しき猫の母子に遭遇し、なんとか子猫と遊べないものかと声をかけるが、近づいて

は来るもののギリギリのところで逃げられてしまう。「怖くないよー。いいおばちゃんだよー」との声も一切無視。とっておきの猫なで声だけが宙に浮いて恥ずかしい。一方、ぶーやんとにごちゃんは写真家の岩合《いわごう》氏をイメージし、

「いい子だねー。美人さんだねー」

「ほら、いい顔だ」

「よーしよしよしよし」

「よーしよしよし」

と話しかけていたが、途中でムツゴロウさんが交じって混乱を招いたらしく、やはり逃げられていた。

お昼は、昨日のイベントで地元の皆さんが薦めてくれたお店で、ビールと盛岡じゃじゃ麺に挑んだ。これで盛岡三大麺はすべて制覇である。初めてのじゃじゃ麺は、温かい料理との予想に反して、実際は冷たく平たい麺であり、さらにそれを最後一口残したところに卵を溶いたり、スープを注いだり、自分で調味料を調節したりと、自由度の高い不思議な食べ物であった。初心者の私はほぼお店の人の言いなりだったが、上級者の皆さんは自分の味を確立しているのだろう。「この世界のどこかに

自分好みの完璧な調味料配合がきっとあるはず」との思いを抱かせる夢あふれる麺である。

その後、駅ビルのおしゃれな「スイーツ&ベーカリー」のお店で再びビール。つまみが何かほしいということで、プレッツェルを食べながらお酒を飲む。そうまでして……という気がしないでもないが、あとは雪の降る冷たくて暗い札幌に帰るだけなので、飲まなきゃやっていられないのだ。実際、夕方の便で新千歳空港に着いた時には、雪による事故のため高速道路が閉鎖されており、「いつ目的地に着くか、まったくわかりません」というバスに、死んだ魚の目で揺られたのである。

かくして全六回、半年に亘《わた》った岩手旅日記が遂《つい》に終わった。驚いたのは、その間にイベントの司会を務めてくださった武部夏妃さんが「チャーマンズ」を卒業されたことで、いやもう本当に半年の長さを実感している。どうもすみませんでした。（編集部注・さわや書店フェザン店の田口店長は、二〇一九年に退職されました。）

三重編

伊勢神宮

神様お願い！　お伊勢参りパニック①

四月十日（火）

一年ほど前から、どうにもろくなことがない。厄災に見舞われているといってもいい。たとえて言うなら、散歩中に飼い主とはぐれてしまった犬が、街をさまよっているうちに激しい雨に降られ、ずぶ濡れになって軒下に潜り込んだら、そこの家主に無理やり庭に連れ込まれたあげく、わけもわからず「ここほれワンワン」式の宝探しを強要され、三日三晩かかって百円玉を一枚見つけたところでようやく解放、泥だらけの満身創痍《そうい》で家に戻ったら飼い主は新しい犬と一緒にご機嫌に暮らしており、その犬に吠《ほ》えられつつとりあえずご飯をもらって食べたら一口目で歯が欠けた、みたいな目に遭っている。

具体性のまったくない比喩で恐縮だが、前歯が欠けたのだけは事実だ。何もしていないのに、気がついたら欠けていた。学生時代に自転車で転んで顔面を地面に打ちつけ、治療した部分がある日失くなっていたのだ。

「え？　今？」

と、さすがのタイミングに呆《あき》れるのを通り越して笑ってしまった。これが噂の厄年だろうか。年齢的には全然当てはまっていないが、そうとでも思わなければやっていられないツキのなさである。

　だからというわけではないが、というか正直「だからというわけ」なのだが、今回の「いやよ旅」はお伊勢《いせ》参りである。「なにかこうすべてを払拭するような、ぱっとした感じの場所を」との私の声に元祖K嬢が応えてくれたのだ。

　さあ、目を閉じて「お伊勢さん」と呟いてみてほしい。それだけで世界が明るく拓《ひら》ける思いがするはずだ。やはりこの得体の知れない邪気を祓《はら》うには、伊勢神宮の圧倒的な清気が必要なのだ。いや、圧倒的な清気があるかどうかはよく知らないが、神様の親玉みたいなものだからきっとあるだろう。よし、いざお伊勢さんへ！

　午前十時過ぎ、新千歳空港到着。張り切りすぎたのか、出発の一時間以上も前に着いてしまった。勢い余って無駄にサンドイッチなどを食べ、現地が寒かった時のためにとショールまで買ってしまう。私には時間つ

ぶしに買い物をしてしまう癖があるのだ。以前、友人との待ち合わせまで二時間近く空いてしまった時には、地下街で本を買い、文具を買い、バッグを買い、服を買い、高知物産展で鰹節《かつおぶし》を買い、最後はふらふらと不動産販売のブースを覗いたところで我に返った。あれはマンションでも買う気だったのだろうか。富豪かよ。

幸いにも空港には家は売っておらず、無事に名古屋行きの飛行機に乗ることができた。名古屋というかセントレアだ。中部国際空港セントレア。空港の所在地も「常滑市《とこなめし》セントレア一丁目」だそうで、セントレアが何かはわからないが、実に徹底している。新千歳空港も「新」などとうっかりどこかに置き忘れてしまいそうなものではなく、もっとインパクトのあるものを頭に付けるとよかったかもしれない。スーパー鮭千歳空港とか、ウルトラ羆《ひぐま》千歳空港とか、まあ私の名付けセンスは本当にあれだが、置き忘れようものなら誰かが追いかけて手渡してくれるくらいのものである。

などと考えているうちにセントレアに到着、元祖K嬢の出迎えを受ける。元祖K嬢は東京からの新幹線移動だったので、空港へは私のためにわざわざやってきてくれたことになる。たぶん私を一人で電車に乗せる

と、遠野の時のようにあっという間に切符を失くして一人途方に暮れてしまうと危惧しているに違いない。実際、名鉄の改札を通った途端「切符を預かります！　高いから！」と言われた。途方問題より値段問題が重要であったようだが、予想どおりである。楽チンなので、これからもずっと迎えに来てほしい。

　それにしてもセントレアは空港も電車もぴかぴかであった。そのぴかぴか空港から、名鉄の特急ぴかぴか号（じゃないけど）に乗って名古屋へ向かう。名古屋へ降り立つのは人生三度目だ。一度目は八月、二度目は二月という季節だったため、「夏は朝の六時台から三十度を超える灼《しゃく》熱《ねっ》の地」「冬は雪もないのに身を切るほどの冷たい風がびゅうびゅう吹く極寒の地」という「極限の地」として認識していたが、今の時期は太陽も風も穏やかで、なにか裏切られたような心持ちがする。

　JRへの乗り換えと丹下京子さんとの合流に備えて、天むす、いちご大福、ちくわ、ビール、コーヒー、酎ハイなどのおやつを購入しておく。

「おやつの値段じゃなかった……」

と元祖K嬢が驚いていたが、よく考えてほしい。そもそも中身がおやつではないのだった。

そのおやつではないおやつを手に、ＪＲに乗り込む。丹下さんとも無事に会え、ここからは三人旅である。早速、車内で旅の予定について話し合った。とはいっても元祖Ｋ嬢から、

「まずは二見《ふたみ》興玉《おきたま》神社へ行きます」

「その後にホテルに移動します」

「ホテルは鳥羽《とば》です」

「伊勢神宮へは明日行きます」

などの短い業務連絡が行われたのみで、あとはもっぱらおやつを食べ、元祖Ｋ嬢の巾着袋を丹下さんと褒め称えるなどしていた。この巾着袋は幼稚園の頃にお母さんが縫ってくれたものだそうで、二十年以上経つ今も現役で活躍しており、しかもほとんど傷んでいない。そういえば「いやよ旅」の初回、冬の定山渓で犬ぞりに乗った時も、元祖Ｋ嬢は「小学校のスキー遠足用に買ってもらった手袋」を着用しており、それもまたきれいなままだった。元祖Ｋ嬢の物持ちがいいのか、あるいは彼女の実家には経年劣化を防ぐ特殊なガスか何かが噴出しているのか、いずれにせよ素晴らしいことである。「いやよ旅」の最終回は元祖Ｋ嬢家を訪ねて、ぜひそのガスを浴びたいものだ。

名古屋から一時間半余り、二見浦《ふたみのうら》駅へ降り立つ。人の姿はあまりないが、駅前に大きな鳥居が聳え、神様のおわす町という雰囲気が漂っている。そこからタクシーで二見興玉神社へ。途中、昔ながらの旅館や土産物屋といった古い木造建築が並ぶ通りを抜け、懐かしいような落ち着くような不思議な気持ちになる。「趣がありますね」と誰に言うともなく口にすると、元祖K嬢が、
「ほんとですね！　火をつけたら一気に全部燃えそうですね！」
と明るく答えてくれた。冗談なのか本気なのか笑っていいのかツッコむべきか迷っているうちに参道前に到着してしまう。どんな態度が正解だったかわからない。

参道は駅前に比べ、多くの人で賑わっている。海沿いに延びるその道を、団体客に交じって歩いた。目の前に広がる海は、明るく青く穏やかだ。本来、二見興玉神社は禊《みそぎ》の神社らしい。かつてお伊勢参りの前に訪れ、心身の汚れや罪を浄める習わしがあったそうだ。確かにこの海を見ていると、すれ違う人たちに「果たしてこれでその真っ黒な心が洗われるかな？」と無言で語りかけている黒い私も浄化されそうだ。そもそも雪のちらつく北海道から来た身としては、この景色の中にいるだけで心

が洗われるのだ。

「私、既に禊が済んだ気がする……」

と呟いてみるが、誰も何も言ってくれなかった。

参道を進むとまずは天《あま》の岩屋《いわや》が現れる。天照大御神《あまてらすおおみかみ》がお隠れになった天の岩戸伝説の何かである。何かってなんだろう。よくわからないが、ありがたいものであるのは間違いないので、お参りをする。神仏には頭を下げておくのが一番だと、死んだばあちゃんがよく言っていた。

そこから少し進むと手水舎《ちょうずや》。手水舎には「満願蛙」と名付けられた蛙の置物が据えられている。蛙はこの神社の祭神である猿田彦神《さるたひこのかみ》のお使いだそうだ。そういえば手水舎だけではなく、境内のあちこちに蛙が置かれている。もちろん「無事に帰る」「お金が返る」「若返る」などを掛けた験担ぎでもある。験担ぎというか駄洒落《だじゃれ》であるが、しかしあらゆる験担ぎは駄洒落と頓智《とんち》でできているので問題はない。ここは気にせず満願蛙に水をかける。そうすると願いが叶《かな》うのだそうだ。

駄洒落の手水舎で身体を浄めた後は拝殿へ。参拝しておみくじを引いた。私も元祖K嬢も中吉。私のおみくじには「願望　自分の想像よりも良い形で叶うだろう」と書かれており、日頃「脱衣所に二億円落ちてる

かもしれないから面倒だけど風呂に入ろう」「道端に二億円捨ててあるかもしれないから渋々だけど買い物に行こう」とおのれを鼓舞する癖がある私は、事ここに至って二億円ではなく五億円くらい拾う可能性が出てきたわけだ。俄然《がぜん》、生きる勇気が湧く。元祖K嬢も「明けない夜はない」と書かれていたそうで、とても喜んでいた。明けない夜を生きているのだろうか。

ちなみにこの時、丹下さんはおみくじを引かず、「そんなものは迷信」と考えるリアリストかと思ったら、「だって凶が出たら嫌じゃないですか。とても怖くて引けませんよ。ああ怖い怖い怖い怖い」とのスタンスの人であった。なるほど、気持ちはわかる。私は過去に凶を五回（浅草寺《せんそうじ》二回、法隆寺《ほうりゅうじ》一回、近所の神社一回、別の近所の神社一回）引いた女なので凶については免疫があるものの、実は占いが怖い。「この歳で取り返しのつかないことを言われても取り返しがつかないじゃないか！　しかもお金払って！」と我を忘れそうになるからだが、ためしに「占いも嫌ですよね」と丹下さんに尋ねると、

「ああ！　嫌嫌嫌嫌っ！　ぜっっっったい嫌！」

ということで、思わぬところで仲間を見つけたのだった。

「興玉神石」は沖合に沈んでいますが……

女泣かせ…義経…

参拝後は拝殿の裏手にある遥拝所《ようはいじょ》へ。そこから天照大御神と、沖合に沈んでいるという「興玉神石《しんせき》」を拝むのだ。とはいえ、天照大御神が立っているわけでも、興玉神石が光っているわけでもない。目に見えるのは、海と夫婦岩だけである。大きな注連縄《しめなわ》を渡された夫婦岩はとても立派だが、岩自体が御神体ではなく、要は興玉神石の鳥居の役目を果たしているらしい。もう何がどうありがたいのかよくわからないが、まあ、なにもかもが曖昧なところが神話っぽくていいのだろうと、夫婦岩に向かってとりあえず手を合わせる。困った時は拝めばいいと、死んだばあちゃんが言っていた（嘘）。

ところで岩といえば義経《よしつね》である。我が北海道には義経伝説があり、生き延びた義経が道内のあちこちでアイヌの娘と恋仲になったあげく、縋《すが》る娘を置いて大陸を目指す（そしてチンギス・ハーンになる）話が伝えられているのだが、その際に悲観した娘がどんどん海に身を投げ、さらにそのうちの何人かが岩になっているのだ。女を岩にする男、義経である。夫婦岩とは何の関係もないが、思い出したので書いてみた。

すべてをお参りし終わったところで、再びタクシーで駅へ向かう。その車中でも元祖Ｋ嬢が「火をつけたら一気に全部燃えそうな町並みですね！」と言い出して慌てたが、なんとか「燃やしてどうする」と絞り出すことに成功した。キレはないが、大火を阻止したと思いたい。

神様お願い！　お伊勢参りパニック②

四月十日（火）

禊を終え、澄み切った心で宿のある鳥羽へ向かう。これで明日の伊勢神宮参拝の準備は整った。今やさっきまでの欲と俗にまみれた我々ではない。何事にも惑わされない清らかで平らかな存在となったのだ……と思いきや、鳥羽駅構内にある土産物コーナーを見つけた途端に、元祖K嬢と丹下さんの瞳に欲望の炎が宿った。たくさんのお菓子を目にして甘いもの、特に餅と餡《あん》好きの血が一瞬で沸き立ったらしい。目をキラキラさせ、異様に細かい会話を交わしている。私は和菓子は全部羊羹《ようかん》と饅頭に見える体質なので、彼女たちの会話はまったく理解できなかったが、猫でたとえるならば、

「この三毛猫の模様、おでこの明るい茶色がなんとも言えないですね」

「あ、ほんとだ。こっちは白の割合が多いけど、どっちがいいだろ」

「どっちもかわいいですからねえ。ちょっと触ってみます？　もふもふ（試食）。うん、やっぱりどっちもいいですね」

「もふもふ。ほんとですね」

「ところでヒゲはどうです？　ヒゲ」

「長毛種なんかのヒゲが前向きにニョッとした感じに生えてるのがたまらんですねえ。ほら、これなんかそうですよ」

「ほっぺの具合もいいですねえ」

「もふもふ」

「もふもふ」

「あ、見てください！　肉球がピンクです」

「わあ、鼻とおそろいの色ですね！」

「もふもふ」

「もふもふ」

　みたいなことを延々と繰り返しているのだ。人の心が一瞬で欲と俗にまみれるさまを目の当たりにし、この儚さこそが生きていることの証《あかし》なのだろうと、とりあえず自分はビールを買うことにした。「あなたたちだけを欲まみれにはさせないわ！」という旅仲間意識の発露であったが、しかし、あれだけ興奮していたというのに、気がつけば元祖K嬢と丹下さんは「お土産は明日にします」と購入を見送っているではないか。結

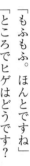

リムジンてこんなんだっけ

リムジン内
段差に注意

果として私一人が酒というもっとも俗っぽいものを手にすることとなり、まさに驚きの展開である。まあ、日本の神様は酒好きが多そうだから構わないであろうと、自分を納得させた。

駅から宿へは送迎リムジンカーで移動する。私も最初は聞き間違いかと思ったので、念のためにもう一度言うが、送迎リムジンカーである。なぜ鳥羽でリムジンカーなのか。事態がよく呑み込めないまま駅前で待っていると、例の「ストリートビューでなんか変な風に撮れちゃった？」という感じのどこか承服できない形状の車が本当に現れた。これから我々（と別の宿泊客）を宿へ運んでくれるという。

理由はどうあれありがたい。お礼を言って乗り込む。と、その直前、運転手さんに乗車を阻止され、突如、注意事項を申し渡された。曰《いわ》く、「リムジンは構造上、真ん中に段差があります。一見したところ楽に乗り越えられそうですが、立ったまま跨《また》ごうとした場合、必ず躓《つまず》きます。そして転びます。危ないので一度シートに座り、そして座った形で脚を持ち上げて段差を跨いでください。立ったままでは転びます」。転ぶ予言を二度されたので、これは間違いなく転ぶのであろう。庶民として、思いがけないところにリムジンのハードルを感じながら乗車。慎重に段

差を乗り越えた。

午後六時前、宿に到着。さほど動いてはいないはずなのにやけに疲れており、部屋係の人がさらりと言った「海に面した露天風呂がありますが、その露天風呂には外から見えてしまう場所もあります」との言葉を危うく聞き流してしまうところであった。もちろん湯浴《ゆあ》み着が用意されており、入浴に関しては問題はないが、重要な注意事項がふいに告げられがちな宿なので気をつけなければいけない。

十一時前に就寝。旅先での早寝度がどんどん上がっている気がする。

四月十一日（水）

五時半起床。三十分ほど布団でごろごろした後、朝風呂、朝ビールを一本。本当はもう一本飲みたかったが、伊勢神宮参拝前にそれはまずいだろうと自粛する。私も大人になったものだ。

出発準備中、つけっぱなしのテレビから、エンゼルスの大谷《おおたに》翔平《しょうへい》選手の情報が流れてきた。何の情報かというと「好きな女性のタイプ」情報である。どうやら大谷選手は「背が高くて明るくてスポーツをやっていて爽やかでちゃらちゃらしていない人」が好みのタイプらしい。なる

ほど、そういう女性とはお似合いだろうと思っていると、丹下さんが突然、「元祖K嬢、いけるんじゃないですか？」と言い出した。たしかに背が高く明るくスポーツはよくわからないが爽やかでちゃらちゃらしていない。どれくらいちゃらちゃらしていないかというと、幼稚園時代の巾着袋を今も使っているくらいちゃらちゃらしていないのだ。

「そうだ、いけますね」

「いけますいけます」

「昨日のおみくじの『明けない夜はない』ってこのことじゃないですか」

「すごいですよ、玉の輿《こし》ですよ」

「うはうはですよ」

と二人で盛り上げると、元祖K嬢もその気になったらしく、

「もし見初められたら、お二人をアメリカに招待します」

と太っ腹なところを見せてくれた。言うだけで夢と金を一気に手に入れた気になって楽しいが、一度蘇った欲と俗は底が見えず、空恐ろしいことである。

八時半に宿を出発。リムジンと電車を乗り継いで、三十分ほどで伊勢市駅に到着した。駅を出て、まず目にするのが空の広さと鳥居である。高い建物が少ないせいか、とても風通しのいい景色だ。鳥居の先には真っ直ぐに延びる道路。「外宮《げくう》」への参道である。外宮が何かよくわからないが、お伊勢参りには順序があり、まずは外宮を参拝するのだそうだ。神様の作法は守らなければならないので、素直に参道を進む。あたりは既に賑わっており、朝とはいえ土産物屋さんも多くが営業中である。さすがお伊勢さん。人気者である。と感心する間もなく、そこに丹下さんと元祖K嬢の甘いもの好きコンビが、いちいち面白いように吸い寄せられていく。

「見てください！　このキジトラ猫の縞《しま》の具合！」

「わあ、かわいらしい！」

「しかも毛がつやつやで、これ絶対触り心地がいいですよ！」

「触ってみますか？」

「みましょう！」

「もふもふ」

「もふもふ」

完全に昨日の再現である。しかも昨日の土産物売り場より遥かにフィールドが広い。参道を右へ左へと泳ぎ続ける二人。このままでは永遠に外宮には着かないのではないかと心配になった頃、我々の前に突如大きな鳥居が現れた。その背後には深い緑の森が控えている。

「おお、神々《こうごう》しい……」

近づくと、周囲の気配が一気に変わった。緑が濃くなり、空気が澄んでいる。さすがお伊勢さん。人気だけではなく、実力もある。と感心したところに、「お伊勢さん観光案内人」のMさんがにこやかに登場した。今日一日、我々のガイドを担当してくれるのだ。

そのMさんから、まずは伊勢神宮の概要についてのレクチャーを受ける。

伊勢神宮の正式名は「神宮」であること（知らなかった）。外宮とは「豊受《とようけ》大神宮」のことであり（知らなかった）、そこには豊受大御神《とようけのおおみかみ》が祀《まつ》られていること（知らなかった）。豊受大御神は内宮《ないくう》の天照大御神の食事を司《つかさど》っていること（知らなかった）。さらには人々の産業や衣食住を守護する神様でもあること（知らなかった）などである。これだけ知らないことだらけで、よくお参りしようという気になったなと呆れるが、

神様はそれくらいで怒るような心の狭いお方ではないだろうから大丈夫である。

食事を司る神様であるから、外宮では日に二回、古くからの様式に則《のっと》って天照大御神や、別宮《べつぐう》の神様たちの食事を用意するそうだ。乱暴な言い方をすれば、スケールの大きな食事係である。私も毎日毎日家族の食事を作っているからわかるが、あれは本当に大変だ。休みの日など「日曜日までお腹がすくっておかしくね？」と思い始める。ましてや神様の場合、「ちょっとスーパーで惣菜を」というわけにはいかず、農作物や漁の出来不出来から塩梅《あんばい》しなければならないのだ。さぞかし面倒なことであろう。いっぺんに親近感が湧いたところで、

「では、行きましょう」

火除橋《ひよけばし》を渡っていよいよ神域である。

手水舎で心身を浄め、奥へ進む。手水にも鳥居のくぐり方にも当然作法があり、それに従うことが大切なのだという。Mさんに教わったとおりの手順で手と口を濯《すす》ぎ、一礼をして鳥居の左端を通る。

最初に目指すのは「正宮《しょうぐう》」と呼ばれる豊受大神宮である。森を抜け、神楽殿《かぐらでん》の脇を通り、玉砂利の道を進んでいくと右手に現れる檜の社殿で

ある。
清楚《せいそ》で厳かな建物だ。幾重もの垣に護られ、奥は見えない。説明によると「瑞垣《みずがき》・内玉垣・外《との》玉垣・板垣の四重の垣根がめぐらされ、その建築様式は、唯一神明造《ゆいいつしんめいづくり》と呼ばれます」ということだが、もちろん意味はわからない。わからない時は拝むに限るので、三人並んで参拝をした。ここでは個人的なお願いをしてはいけないそうで、日々の感謝を述べる。私も「もうご飯作るの面倒くさいなどと一切言わずにすべてに感謝します。嘘、それは言う。毎日言う。朝昼晩言う」などと千々に乱れる心を抑えてのお参りである。

それにしても、清らかで大らかな神様だ。大らかすぎてあらゆるものが剥き出しである。いや、剥き出しというかなんというか、たとえば正宮の横には正宮と同じ広さの古殿地《こでんち》が広がっているのだが、その真ん中に小さなお社のようなものがぽつんと置かれている。古殿地は二十年に一度、社殿を建て替える式年遷宮のためのいわば敷地であり、そのお社のようなものは「心御柱《しんのみはしら》を納め、守る覆屋《おおいや》と呼ばれるもの」らしい。素人考えで恐縮だが、非常に大事なものではないのか。それが更地の真ん中に剥き出し感満載で建っているのだ。

さらに、参道脇のところどころに注連縄で結界が張られた石や玉砂利などがあり、Mさんによると、それらも浄めや遥拝が行われる神聖な場所らしい。だが、道端で案外剝き出し。いや、道端というとあれだが、しかし実感としては道端だ。

非常に大らかな感じがすると同時に、全体的に伊勢神宮の人たちは結界を信用しすぎではないのか、との思いも湧いてくる。踏まれたり荒らされたりはしないのだろうか。心配なので、不届き者が結界を破ろうとすると、謎の力で身体が吹き飛ぶくらいのことはあってほしいと思う。

神様お願い！　お伊勢参りパニック③

四月十一日（水）

正宮をお参りした後は、多賀宮《たかのみや》、土宮《つちのみや》、風宮《かぜのみや》の順で別宮を回る。まずは多賀宮。豊受大御神の荒御魂《あらみたま》をお祀りしているそうで、相変わらず何のことかわからないが、とてもありがたいことである。九十八段の石段を上り、息を整えつつ手を合わせる。ガイドのMさんによると、正宮では禁じられている個人的なお願いを、ここではしてもいいらしい。

「どうぞ、存分に自分のことをお願いしてください」

そう言われたものの、昨日の禊から始まった、この神様だらけの旅で知らず知らずのうちに私の心も浄められていたのであろう。いつもなら躊躇《ちゅうちょ》なく、

「道で二億円拾いますように」

「原稿を書かずとも原稿料をもらえますように」

などと願うところが、さすがにそれは憚《はばか》られ、迷った末に、

「あれもこれも一から十まですべてがうまくいきますように」

と、謙虚の皮を被った欲張りな願い事をするにとどめた。

　それにしてもお伊勢さんは広い。神苑《しんえん》も広いが、守備範囲も広い。多賀宮の次に参った土宮は、土地を守護し川の氾濫を治めてくれる神様であり、その次の風宮は風雨を司って農作物を育てるばかりか、国家の一大事には国もお守りくださる神様だそうだ。どういう「一大事」かというと、元寇《げんこう》などである。元寇。確かに恐ろしいほどの一大事である。

　と、そこで思い出すのは、「式年遷宮記念せんぐう館」である。手水舎近くに建つせんぐう館は、式年遷宮に関する資料や模型などが展示されている博物館で、てっきり我々も中を見学するものと思っていたら、去年の台風で浸水被害を受けて長期休館中であった。お膝元でまさかの水害。神様たちも「やっちまった……」としょんぼりしているのではないかと心中お察し申し上げつつ、外宮を抜け、内宮へ向かう。

　内宮へはタクシーで十分ほど。改めて言うまでもない気もするが、その短い間にも車内では元祖K嬢と丹下さんによる「土産にどんな甘いものを買うか」論議が繰り広げられていた。しかも、今回はMさんと運転手さんのお国名物自慢が加わり、車内は一瞬にしてカオスである。さまざまなお菓子情報が飛び交い、味や形が比較検討され、知識と味覚の記

憶が披露され、それらが、

「うわーおいしそー！」

「全部食べたいー！」

との専門用語に収斂されていく。まったくもって恐ろしいほどの熱量である。なかでも「赤福《あかふく》」という言葉への元祖K嬢と丹下さんの反応が甚だしく、餅と餡はここまで人を狂わせるのか、これは国でご禁制の品にした方がいいのではないか、と不安になるくらいの盛り上がりであった。タクシーを降り際、元祖K嬢は「ガイドさんが見せてくれたお菓子リストの写真をプリントアウトしてほしい」とまで呟いていた。眺めるだけで楽しいのだろうか。愛か。


さて、内宮もお参り手順は外宮とほぼ同じである。宇治橋《うじばし》を渡り、手水舎（と五十鈴川御手洗場《いすずがわみたらし》）で身を浄めてから、正宮へ向かう。時間のせいもあってか、人通りは外宮よりずっと多い。

神苑を歩いて正宮へ。頭上で時折強い風が吹き、背の高い木立の枝から枝を風音が渡っていく。まるで風の動きが目に見えるようだ。これぞ風の神様のお姿ではないかと感慨に浸りつつ、粛々と正宮参拝。外宮と

同じく正殿を幾重にも囲む玉垣の一番外側からのお参りであったが、我々一般人でも場合によっては玉垣の内側での参拝が可能だという。今日も神官の方に連れられて若い男性が三人、玉垣の内側にしずしずと入っていくのが見えた。「御垣内《みかきうち》参拝」と呼ばれる特別な形式らしく、彼らの表情もなんとなく誇らしげだ。我々民草の目を意識し、選ばれし民的な雰囲気を漂わせている。

ギャラリーに見守られながら、緊張気味にお参りを終える三人。普段なんとなく「ウェイウェイ」言っていそうな彼らの関係が、社長と重役なのか、あるいは黄門《こうもん》様と助《すけ》さん格《かく》さんなのか、もしくは親分と愉快な仲間たちなのか、つい思いを巡らせてしまうが、それはそれとしてやはり羨ましい。なんだかものすごい神様のご加護というかご守護があるような気がする。

「あれは何か特別な資格のようなものが必要なのですか？」

と思わずMさんに尋ねると、

「いえ、そういうのはないですが……」

「はい」

「えーと、なんというか」

「どこかの会員になるとかですか？」

「いえ、そういう会があることはあるのですが、会員でなくてもいいというか……」

「はい」

「まあ、あれですね」

「はい」

「……お金？」

と思春期の少女のようにもじもじしたまま、非常に大人の回答を寄せてくれた。なるほど。もっとも納得のいく答えである。

ただし、初穂料の金額は決まっているわけではなく、基本的にはいくらであっても参拝は可能とのこと。大切なのは真摯な気持ちと「正装」であるらしい。たしかに出会った三人もきちんとスーツを着用し、長めの髪をアクロバティックにまとめ、まるで武器のように先の尖《とが》ったピカピカの靴を履いていた。見るからに気合が入っているのである。

しかし、我々も他人様を羨んでいるばかりではない。実はこの後、神楽殿に移動してご祈禱《きとう》を受けるのだ。あまりにツイていない私の日々に

同情したのであろうか、元祖K嬢が予定に組み込んでいてくれたのだ。これでもう安心である。お伊勢さんでご祈禱を受ければ、この国で起きる面倒事はすべて解決であろう。

いそいそと受付へ向かう。と、ここで住所と氏名とお願い事を記すように言われ、若干うろたえてしまった。一体誰の名前を書けばいいのか。いくら私がツイていないとはいえ、三人でご祈禱を受けるのである。

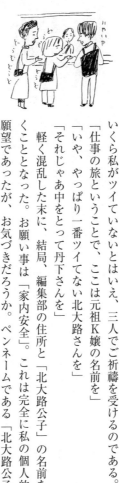

「仕事の旅ということで、ここは元祖K嬢の名前を」

「いや、やっぱり一番ツイてない北大路さんを」

「それじゃあ中をとって丹下さんを」

軽く混乱した末に、結局、編集部の住所と「北大路公子」の名前を書くこととなった。お願い事は「家内安全」。これは完全に私の個人的な願望であったが、お気づきだろうか。ペンネームである「北大路公子」に、編集部の東京の住所である。どこにも私の「家内」が入る余地がない。以前から自分の墓石には「迂闊《うかつ》」と彫ってもらおうかと冗談で言っていたのだが、本気で考えた方がいいかもしれない。

Mさんとはここで一旦お別れ。その前に、先ほど御垣内参拝の三人を

見たこともあり、「この服装で大丈夫ですかね」と確認しておく。私と元祖K嬢はブラウス、丹下さんはワンピース姿である。

「まったく問題ないです。ご祈禱は皆さんもっとラフな格好で来ますよ」

とのMさんの言葉に安心して控え室へ入るとあなた、そこには絵に描いたような礼服を着た二十人ほどの方たちがずらりと座っているではありませんか。

「う、嘘つき……」

まあ、たまたまであって嘘ではないのだろうが、それにしても皆揃いも揃って黒の礼服である。しかも誰一人無駄口を叩《たた》く者がいない。葬式の親族控え室でももう少し賑やかだろう。というか、葬式では寝不足で疲れた親戚が隙あらば喧嘩を始めたりするので、むしろずっと騒がしいのである。

しんと静まり返った中を人目を避けるように進み、最後列の椅子に座る。場違い感がすごい。色合いといい雰囲気といい、隅から隅まで浮いている。「平服でお越しください」との案内状を真に受けて、本当に平服のまま偉い人の偲《しの》ぶ会に行った人みたいだ。いっそこの姿を全世界に

発信し、「これが本当に平服で行った人の末路です」と見せてあげたい気持ちになった。平服の案内状に惑う人々を導き、迷いを断ち、蒙《もう》を啓《ひら》くのだ。あるいは、今の我々の姿を彫刻にして、どこかのセレモニーホールに置いてもいいかもしれない。タイトルは「まさかの平服」。

などと現実逃避をしているうちに、ご祈禱の時間となる。礼服の人々の後についてぞろぞろと神楽殿へ。ご祈禱にはいくつかの種類があるが、我々が申し込んだ「御神楽」では、お祓いや祝詞《のりと》の奏上のほかに、雅楽に合わせた舞の奉納もある。礼服組と場違い組の二手に分かれて座った我々の前で、四人の舞女による優雅な舞が繰り広げられた。ゆっくりとした動きと雅楽の調べが相まって、見ているだけで心が落ち着く。下がりっぱなしだった運気が上がる予感しかしない。続いての祝詞奏上では自分の名前が突然読み上げられてビクッとなったりもしたものの、それもまた神様との直通ラインが引かれたようで頼もしい。最後にお神酒《みき》を一口、さらに御札やお下がりをいただいて無事に御祈禱が終了である。礼服の人たちはどこかの会社か何かの一団だったようだが、終了後もほとんど私語を交わすことがないまま、解散していった。何か深刻な社内問題でも抱えているのだろうか。

再びMさんと合流した後は、御稲御倉《みしねのみくら》や、荒祭宮《あらまつりのみや》、風日祈宮《かざひのみのみや》などの別宮を巡って、ついに解散である。既に時刻は昼の一時に近い。約三時間半に亘ってお世話になったMさんにお礼を言って、鳥居前町の「おはらい町」へ向かった。神宮より遥かに多い人出をかきわけ、お昼はそこで名物の手こね寿司。寿司飯の上に醤油《しょうゆ》に漬けた赤身の魚が載っており、ビールのつまみとしても素晴らしい。食べ始めてすぐ、元祖K嬢と丹下さんが、

「これ、鮪《まぐろ》かと思ったら鰹でした」

「私も鮪だと思ってました」

との会話を交わし始めた。そしてなぜか「北大路さん、これ何の魚かわかりますか?」と尋ねてくる。え? 今、正解言ったよね。何かの罠《わな》? と怯えつつ、

「か、鰹……?」

と答えると、「すごい! よくわかりましたね!」と褒められた。ちょっと意味がわからない。今まで私の姿は消えていたのだろうか。不思議だったが、黙って称賛を受け入れておいた。

昼食後は、赤福本店へ。まるで走り出さんばかりの勢いでお店に突進

する二人を温かく見守る。甘いものが苦手な私はお茶だけお付き合いすることにし、赤福餅（二個入り）を食べる二人の幸せそうな顔を拝見……のつもりが、丹下さんが突然、

「私は一つでいいので、これは北大路さんの分です」

と残り一つを差し出してきた。

「ええっ？　あんなに騒いでいたのに？」

釈然としないまま、頑張って食べる。とても甘い。そしていつも思うが、赤福餅って餡と餅の位置もバランスも逆じゃね？

神様お願い！　お伊勢参りパニック④

四月十一日（水）

それにしても鳥居前町のシステムはよくできている。神社で心身を浄め、目には見えない世界に思いを馳せつつ感謝と祈りを捧げた後、美味しいものや楽しいことで生きる喜びを享受するのである。本当に昔の人はうまいことを考えたものだ。

そんなわけで「おはらい町」と「おかげ横丁」を練り歩き、存分に現世を楽しんだ我々であるが、なかでも元祖K嬢は輝いていた。手こね寿司を食べ赤福餅を食べ伊勢海老コロッケを食べ松阪牛コロッケを食べ、そのうえで次々現れる食べ物屋さんすべてに「おいしそー！」「食べたーい！」と歓声を上げている。で、それらも片っ端から食べる……かというと案外そうではなく、必ず逡巡《しゅんじゅん》した末に諦めるのだ。私と丹下さんが母親のような気持ちで「どれでもあなたの好きなものを全部食べなさい」と言えば言うほど、どれを食べようか本当に食べるべきかお腹の具合は大丈夫か夕飯が入らなくなるのではないか一人で食べてもいいも

のだろうかとさまざま葛藤するらしく、迷いに迷った末に結局は「やっぱりやめます……」と言い出す。

何度かそれを繰り返した後、最後に串カツ屋を覗きに行った時には、満面の笑みをたたえつつ両手を大きく広げて駆け戻ってきたので、ついに決心がついたかと、こちらも嬉しくなって尋ねる。

「串カツ食べてくる？」

「うーん、やめときます」

まったく人間というのはなんと因果なものであろう。神宮で神様との対話を済ませた後においても、楽しみと迷いの森の中で生きていかねばならないのだ。実に不自由な存在であるが、しかし生身の身体で生きるとはそういうことなのだろう。元祖K嬢の迷いこそが人の命のきらめきなのだ。

と、うまいことまとめたところで、そろそろ帰る時間である。電車とリムジンを乗り継いでホテルへ。冷静に考えると妙な乗り継ぎであるが、それよりそのリムジンの中から元祖K嬢がガイドブックに載っていた店を見かけて、「あ！　あそこのレモンジェラート食べたかった！　手作りなんですよ！　ああ食べればよかった！　忘れてた！」などと騒ぎ出

し、ついには甘いもの好き仲間の丹下さんにまで「とりあえずホテルに戻ってから一人で食べに行く？」と言われていたのが感慨深かった。そしてもちろん元祖K嬢は「やっぱりやめときます」と答えていたのだった。

夕方六時、帰宿。思った以上に疲れているが、しかし心は晴れ晴れしている。お伊勢参りを終え、ご祈禱までしてもらったのだ。これで昨年来の不運ともお別れだと思うと、非常に清々しい気持ちである。そのせいか、夕食を食べながら、自らを襲った不運について微に入り細にわたって語ったあげく、「それはひどい」と同情されて有頂天であった。

さらに調子に乗って、食後は元祖K嬢と二人でマッサージを頼んでしまう。丹下さんはあまり肩が凝らないそうで、一体前世でどんな善行を積んだらそのような体質に生まれつくのか不思議でならない。海辺に暮らして、タコつぼに入ったタコを毎日こっそり救出して回っていたとかだろうか。でもそうだとすると、タコには感謝されるだろうが漁師には恨まれ、今生《こんじょう》では一生海など見ることのない山岳民族などに生まれそうなものだが、現実には日本に生まれ育って魚ももりもり食べている。仕組みがよくわからない。というか、前世関係ないかもしれない。

マッサージでは元祖K嬢とともに、「凝ってますね。これは凝ってます。延長した方がいいです。十五分延長しませんか。延長しないとなかなかほぐれません。だってすごく凝ってます」と言われ続け、このままでは肩凝りで死ぬかもしれないとの危機感を煽られる。死んでいる場合ではないので延長を決めたものの、延長になった途端あれだけお喋りだったマッサージ師さんは二人とも無口になり、そして十五分後、「はい、ありがとうございましたー」とあっさり帰っていった。命の危機すら感じた肩凝りが十五分でどうにかなったのか説明は何もなかったが、あの延長がなければ私も元祖K嬢もきっと大変なことになっていたに違いないのだ。命拾いしたと信じたい。

四月十二日（木）

五時に目が覚める。例によってあまり早くにガタガタしては迷惑かと思い、布団の中で六時まで待って風呂と朝ビール。湯上がりに廊下ですれ違ったじいさんに、なぜかいきなり睨《にら》まれるという事故に遭ったが、その直後、じいさんは夜中に男女が入れ替わった大浴場の暖簾《のれん》に気づかず、勢いよく女湯に入って行ったため、えらい勢いで追い出されていた。

人をむやみに睨んではいけないという教訓だと思う。

ところで、昨日のご祈禱後にいただいた御札とお下がりの品はどうすべきか。チェックアウト前に話し合う。要は三人でどう分けるかという話だが、お神酒や鰹節などのお下がりはともかく、御札の処遇についてはなかなか難しい。「北大路さんに」と言ってもらうも、三人でお金を出し合っての祈禱であるのに私だけ受け取るのもどうかと思うし、なにより名前は私のペンネームでも、住所は小説すばるの編集部なのだ。何を考えていたのか今となっては謎だが、いずれにせよ桐《きり》の箱に入った立派な御札である。粗末に扱うわけにもいかず、とりあえず元祖K嬢が一度編集部へ持ち帰り、その後、私の元へ送ってくれることとなった。

話がまとまったところでホテルを出発。タクシーで松尾観音寺《まつおかんのんじ》を目指す。運転手さんが「日本最古の厄除け観音」だと教えてくれ、なるほど今回は私へ降りかかる厄災を徹底的に祓ってくれる旅なのだと、日程を組んだ元祖K嬢へ心の中で感謝するも、元祖K嬢は「え？　そうなんですか？」と運転手さんの言葉に一番驚いていた。どうやら知らなかったらしい。では一体何のために松尾観音寺に向かうのであろうか。

「写経です」

三人で経文を書き写し、それをお寺に納めるのだという。「いいですか？」と訊かれたが、もちろん異論はない。それどころか、いかにもご利益がありそうではないか。

本堂でお参りした後、別室に案内され、早速お坊さんから心得を聞く。曰く、「写経において字の上手い下手は関係なく、御仏の言葉を自らの心に写すとともに、一文字一文字集中して書くことで、邪念を払い自身と向き合うことが目的」なのだそうだ。わかったようなわからないような話だが、とにかく心を空っぽにして書けばいいということだろう。

写経にかかる時間は、一時間半ほど。その間、部屋には我々三人だけである。さすがの我々も無言のまま般若心経《はんにゃしんぎょう》に向きあう。境内はとても静かで、否応なく心が研ぎ澄まされるかというと、邪念というのは抑えようとすればするほど湧いてくるものらしく、私は荷物置き場のバッグの中で時折鳴るスマホの着信音が気になり、ひょっとすると元祖K嬢の職場で編集者全員が頭を丸めてお詫びするようなものすごい大問題が起きているのではないか、あるいは丹下さんの自宅に入り込んだ野良猫が室内をめちゃくちゃに荒らした後で奇跡的に固定電話から電話をかけてきているのではないか、もしくは私の老親が激しい夫婦喧嘩の末に家

の一軒でも燃やしてしまったのではないかと、いちいち心が乱れて苦しかった。ちなみに元祖K嬢は襖《ふすま》で隔てられた隣の部屋が気になっていたらしく、写経を終えるとすぐさま襖を開けて覗いていた。誰もいなかったからよかったものの、もし偉いお坊さんが座禅でも組んでいたらどうするつもりだったのか。というか元祖K嬢、鶴が恩返しに来たら、あっという間に機織《はたお》りの現場を見てしまうタイプであろう。

最後に住所と名前、そして願い事を記して終了。今度は自宅の住所と本名を書いたので、昨日の神様と今日の仏様とで「あいつ本当は誰だよ！」と言い合っているかもしれない。願い事は今日も「家内安全」である。「心願成就」にしたかったが、画数が多くて書きづらいのでやめておいた。そういうところがダメなのだと自分でも思う。

老親が家を燃やしてしまわないよう、火の用心の守り札を買って、お寺を後にする。厄除け観音をお参りし、写経をし、守り札まで買ってもう完璧である。やりきった感に浸りながらタクシーに乗ると、運転手さんから「龍を見ました？」と尋ねられた。何のことかわからない。よくよく話を聞いてみると、以前、本堂の床を張り替えたところ、その木目に龍の姿が浮かび上がってきたのだそうだ。元々龍神様に由来のあるお

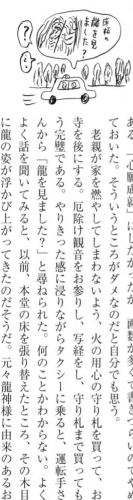

寺らしく、今ではパワースポットとして有名だという。

「撫でると願い事が叶うんですよ」

「ぜ、全然気づきませんでした……」

本堂に入って、ちゃんとお参りをしたというのに誰一人として気づかなかったのは、我々はパワー的なものとは無縁の存在だということであろうか。それとも「何がなんでも願い事は叶えてやらん」という、何者かの意志でも働いているのだろうか。

まあそれでもやるべきことはすべてやったので、あとは生きる喜びを享受するのみである。電車で名古屋へ向かい、そこでいわゆる「名古屋めし」を味わった。味噌カツ、手羽先、エビフライ、餃子《ギョーザ》、サラダ、ビールなど、名古屋と関係ないものも交ぜつつ、とにかく満腹になって厄払いの旅を終えたのである。めでたしめでたし。

……と、ここで話が終わるはずであったが、実は帰宅から数日後、元祖K嬢から非常に暗い声で電話がかかってきた。

「神宮の御札の件なんですけど」

「はい」

「たぶんなんですけど」

「はい」

「捨ててしまいました……」

「ええええええっ!!」

　なんでも会社のゴミ箱の上に木箱ごと渡らせておいたところ、掃除の人が間違って処分してしまったらしいというのである。

「何でゴミ箱の上に……？」

「そこですよね」

　間違いなくそこなのであるが、しかし今さら何を言っても仕方がない。ツイてなさを打破しようと祈禱してもらった御札を捨てられるという、徹底したツイてなさに笑っていると、「怒らないんですか。北大路さん、大人ですね」と言う。去年、漫画家のいくえみ綾さんと札幌で飲んだ時、彼女の大ファンだという元祖K嬢のためにサイン色紙を描いてもらったのだが、そこに小さなシミがついていたことをいつまでも責め立てた自分を反省したのだろうか。よいことである。

　後日、元祖K嬢から「このたびはご祈禱の御札を捨ててしまい、本当に申し訳ございませんでした」との、これ手紙の文例集に入れようとしたら「非現実的」という理由で絶対ボツになるだろうという文面の詫び状が届いて爆笑した。御札は捨てられてしまったが、生きているうちにこんな愉快な手紙をもらえて本当によかったと思う。また行きたい。

香川編

高松・こんぴらさん

食べて登ってよれよれ讃岐アタック①

十月十六日（火）

今回の「いやよ旅」は四国だそうだ。だそうだ、と書くとまるで他人事のようだが、先月は大きな地震があったり、父親が亡くなったりして、実際いつも以上にばたばたわさわさと出発日を迎えてしまった。

父は具合が悪くなって救急車で運ばれた翌日にあっけなく死んでしまい、元祖K嬢から打ち合わせの電話があったのは、まさにその搬送直後。医師からいきなり「人工呼吸器を着けますか？　ご本人と延命治療について話し合っていましたか？」と訊かれて「えええええっ！」となっていた時だった。母に連絡しようと取り出したスマホに着信があり、出ると、

「今、お電話大丈夫ですか？」

「それがちょうど父の延命措置をするかどうかの選択を迫られているところです」

「えええええっ！」

と、今思えば「ちょうど」って何だという話であるが、いずれにせよ

旅の話を詰めるどころではなく、後日元祖K嬢が送ってくれたおおまかな日程表にもざっとしか目を通さないうちに、当日を迎えることとなってしまったのである。

朝の九時半の便で、新千歳を発つ。直行便は飛んでいないので、羽田空港を経由して高松《たかまつ》へ向かわなければならない。予習ゼロの状態であるから、頭に浮かぶ旅のイメージも「四国……遠い……？　あと……うどん……？」と片言である。自分でも若干の不安を覚えつつまずは羽田へ降り立ったが、ところが実はこの片言がほぼ正解だったことが、ここで明らかになる。

なにしろ本当に遠いのだ。何が遠いって、乗り継ぎゲートから高松行きの搭乗口までが遠い。歩いても歩いても、搭乗口が見えない。最初、空港が異様に広いのかと思ったが、それにしても移動距離が長すぎる。必死に足を進めるうちに、ひょっとすると羽田は四国まで延びていて、このまま徒歩で高松まで連れて行かれるのではないか、との疑いが湧いた。搭乗口と称しているところは実は高松空港の到着ゲートで、飛行機に乗り込んだつもりが、そこはもう高松。四国の暖かい日差しが降り注ぎ、「ようこそ！　高松へ！」みたいなことになっているのではないか、

との疑惑である。途中、すれ違った二人連れが、

「空港の中に入ればご飯食べるところがあるんじゃない?」

「え、ここが空港の中だよ」

という謎の会話を交わしていた。あれは彼女たちからの警告だったの

かもしれない。

「ここは空港に見せかけた四国への通路だ」

そう伝えたかった二人。しかし下手に秘密を暴露すると、どんな危険

が及ぶかわからない。悩んだ末の一言だったのだ。すぐに気づけなくて

申し訳なかった……などと考えているうちに、ようやく搭乗口に到着。

本当に遠かった。妄想の種も尽きるところであった。

ここで元祖K嬢と、新担当編集者のN嬢と合流する。実は元祖K嬢は

数ヶ月前に別部署に異動となったのだが、旅については今までどおり企

画や手配をしてくれたのだ。

その元祖K嬢が朝昼ご飯のおにぎりを食べながら、「北大路さんもど

うですか? あちらにおにぎりとかパンとか売ってましたよ」と声をか

けてくれた。

早速おにぎりを買いに行こうとすると、

「ええっ! 今おにぎりなんて食べたらお腹いっぱいになっちゃうじゃ

ないですか!」

と今度は悲痛な声で引き止める。何を言っているのか。あんた今食事を勧めてなかったか。情緒不安定か。と驚いたが、これは絶対あれだろう。四国でうどんを食べさせまくる気なのを、今思い出したのだろう。

「あと……うどん……?」の片言イメージは、やはり正解だったのだ。

そういえば行き先が四国に決まった頃、「血糖値は大丈夫ですか?」と訊かれた気がする。ついでに昨夜慌てて目を通した日程表に「自転車」の文字があったことも思い出す。岩手旅の時、三十年ぶりの自転車であり、なおかつ生まれて初めての電動アシスト自転車に乗って、三度ほど「死んだ」と思ったことを原稿に書いたはずなのだが、元祖K嬢は忘れてしまったのだろうか。

「あのう、うどんは好きだけど、おばちゃんもうそんなに食べられないし、自転車も死ぬから乗りたくないんですけど」

念のために申し立てると、

「大丈夫ですよ!『いやよ旅』ですから!　いやなことするんですから!」

と何が大丈夫なのか全然わからないことを言われた。そもそも「いや

よ旅」の定義がおかしい。元々は、「旅行が好きではなく、できればずっと家でテレビを見ていたい性格の私が、嫌々ながらも旅に出て非日常に身をおくことにより、人生や世界の尊さ美しさを再発見し、なんなら大好きなカニやウニなんかもばんばん食べて、朝からビールごんごん飲んで、温泉入って昼寝して、ああ、だらだらしていても命って素晴らしい、と生きる喜びを味わう」旅ではなかったのか。一度もそんな説明を受けたことはないが、でもそういう旅がいい。それなのに元祖K嬢は今も、

「これは死ぬまでに絶対したくない十のことをする旅なんですよ」

などとN嬢に物騒な説明をしている。N嬢が本気にしたらどうする気だ。

結局、おにぎりを一つ食べて搭乗。一時間ちょっとで高松空港に到着した。近い。羽田での移動距離より近いんじゃないのか。

午後一時半、生まれて初めての四国に降り立つ。札幌に比べて季節が一つ逆戻りしたくらいの暖かさである。まあ、札幌と比べると国内のたいていの場所は暖かいのだが、薄曇りの空なのに日差しと空気がとても

柔らかい。着いて三分で「ここで暮らしたい……」と思う。出会って一時間で結婚を決めたアホなカップルのようだが、なにしろ十月の半ば、札幌では寒気だの初雪だの灯油高騰だのとさんざん聞かされてきたので、もう心が弱っているのだ。この温暖な地に暮らす人々は、きっと性質も穏やかに違いない。その人たちに囲まれて、私も穏やかに暮らしたい。新千歳空港のトイレの行列が長かったというだけで、世界中を隅から隅まで呪った（呪ったんです）自分とはお別れしたいのだ。

高松の暖かさに心奪われながら、空港からタクシーでホテルへ向かう。「旅情を味わうためにバスで」と訴える元祖K嬢を、「この後の予定を考えると合理的ではない」という理由でN嬢が説き伏せたのだ。頼もしい。N嬢と旅をするのは初めてだが、この感じだと明日だか明後日だかの自転車移動も、「合理的ではない」と却下してくれるのではと、かすかな希望が湧いた。「一番合理的なのは、宿で温泉につかって動かないことです」と言ってくれるかもしれない。

一方の元祖K嬢は運転手さんからお薦めのうどん屋を聞き出そうとして、珍しく失敗していた。うどんに関して運転手さんの口がかなり重いのだ。

「どこのうどんが好きですか？」

「個人的によく行くお店はありますか？」

「人気のお店はどこですか？」

元祖K嬢の質問すべてに、

「いやあ、『成人病』になっちゃって、今はうどんが食べられないので」

と答える。香川県は糖尿病の人が多いらしいが、やはり血糖値が高いのだろうか。あるいは本当は健康なのだが、「すべてのうどんを等しく愛し、等しく味わってこその真の讃岐《さぬき》人である。うどんに優劣をつけるなどとは許されないこと」との矜持《きょうじ》があるのだろうか。昭和天皇は贔屓の力士の名前を決して口に出さなかったと聞いたことがある。運転手さんもそれほど深くうどんを思っているのかもしれない。ただ、その口の堅い運転手さんが唯一断言していたことがある。

「うどん屋は淘汰《とうた》される」

新しい店ができると皆、必ず一度は食べに行くが、そこで自分の基準に達しなければそれきりだそうだ。

「二度目はないのです」

かっこいい。

山の中腹にあるホテルにチェックイン。高台にあるだけあって、瀬戸《せと》内海《ないかい》を見下ろす景色が素晴らしい。しかしその瀬戸内海、あまりに穏やかすぎて私の知っている海とは全然違う。札幌の近くに支笏湖《しこつこ》という湖があって、そこは風が吹くと湖畔の道路にざっぱんざっぱん波が打ち寄せるというわりとワイルドな湖なのだが、その支笏湖より遥かに波がない。支笏湖も一度瀬戸内海を見物して、湖としての自らのあり方を考えた方がいいのではないかと思うほどだ。

また、瀬戸内海も支笏湖に学ぶところがあるかもしれない。荒ぶる姿に触れ、「そういえば波というものがあったな」と思い出してもらえれば幸いである。

うむ。ものすごくどうでもいい話をしてしまった自覚はある。

ホテルに荷物を置いた後は、再びタクシーで移動。屋島《やしま》へ向かう。今度の運転手さんは積極的にうどんについて語るタイプで、元祖K嬢がネットやガイドブックで仕入れた情報を元に質問すると、面白いように答えてくれた。ただ、全然予習をしていない私は、二人の話にまったくついていけない。理解できたのは、「うどんはそんなに高いものではない。

だから食事をうどんで済ませる香川県民の貯蓄額は全国の上位である」との運転手さんの言葉だけである。本当だろうか。

屋島に到着後、早速、うどん屋へ。桶《おけ》というか盥《たらい》というか、そういうあれに入った釜揚げうどんを食べる。コシがあってつるつるしていて熱熱で美味しい。天ぷらもさくさくで美味しい。そう、もうおわかりと思うが、私にグルメリポート的なものを期待してもまったく無駄である。美味しいか不味《まず》いかくらいはわかるが、美味しいか不味いかくらいしかわからない。元祖K嬢の完全な配役ミスである。

ただ、ここで飲んだ「空海《くうかい》」という地ビールはとてもよかった。私は地ビールの地ビールっぽい自己主張が苦手で、「水みたいにさらさら飲めるのがよいビール」という野蛮人なのだが、「空海」は高僧の名を戴《いただ》いているだけあって、そんな野蛮な人間をも救ってくれる味であった。私の中で「全国各地で錫杖《しゃくじょう》を突いて温泉を湧かせる男」とのイメージの強かった空海。しかし、ビールにおいても不思議な力を発揮していると、思わぬところで認識を新たにしたのである。

食べて登ってよれよれ讃岐アタック②

十月十六日（火）

讃岐での最初のうどんとビールを済ませ、私の中の四国欲は既に満たされた。あとは宿に帰って風呂入って酒飲んで寝てしまってもいいのではないかと思う。元祖Ｋ嬢にそう伝えると、「何言ってるんですか」と一蹴されてしまった。何言ってるんですかって、宿に帰って風呂入って酒飲んで寝ましょうと言っているのだが、そういうことではないらしい。これから水族館へ向かうのだそうだ。

目的地の新屋島水族館まではタクシーで五分ほど。とはいえ、山の上に建っているため、かなりの坂道を上っていかねばならない。当初、元祖Ｋ嬢は徒歩での移動も考えていたらしいが、運転手さんに尋ねたところ、「ちょっと無理ですねえ」と言われて断念したのだ。よくぞ「無理」と言ってくれたと、しみじみ感謝するような道のりを進む。

それにしてもあまり四国に来た気がしない。山の中を進んでいることもあり、ここが北海道だと言われても納得してしまいそうである。北海

道との違いは木々がまだ青々していることくらいだが、北海道だって一年中紅葉しているわけではない。気温は確かに違うが、車に乗っている分にはわからない。ひょっとしてあの羽田の長い通路は四国ではなく北海道に繋がっていたのではないか。ここは北海道で、あの木陰からひょっこり羆が現れるのではないか。などとぼんやり考えていると、運転手さんが話しかけてきた。

「源平合戦の古戦場を見ますか？」

「いきなり!?」

油断していたところへ、突然の歴史登場である。しかも源平合戦。そんな大物を何の前触れもなく繰り出してくる気前のよさに四国の底力を感じつつ、

「見ます！　見ます！　ぜひ見ます！」

と、意味なく興奮してしまう。車を降り、『源平屋島古戦場』の案内板が立つ展望スポットへ。そこから主戦場となった檀《だん》ノ《の》浦《うら》を見下ろす。が、日頃、歴史にほとんど関与せず暮らしている道産子の限界なのだろう。眼下に広がる穏やかな入江に、

「細長くて……とても待ち伏せしやすそうですね……」

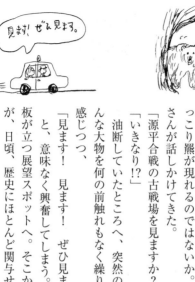

という貧しい感想しか浮かばない。もっと気の利いたことをと思っている間にも、運転手さんの口からは、「那須与一《なすのよいち》」「扇」「小舟」「源《みなもとの》義経」「弓」といった有名どころの言葉が次々と発せられており、そのたびに「ああ、なるほど」と頷いてはみるものの、事態の大きさを正確には受け止めきれない感じである。思うに、どうやら私は源平合戦が、本当にあったことだと捉えていなかった節がある。遠野の旅の時、馴染みのない本州の田園風景を見て「おとぎ話は嘘じゃなかったのか」と驚いたが、源平合戦も今日まで神話か何かの一種だと感じていたらしい。「巨大羆が北海道の開拓村に現れ、誰彼の区別なく襲いかかった」という話は身につまされるのに、教科書に載っているはずの源平合戦は、なぜか「お釈迦《しやか》様は生まれてすぐに七歩歩きました」というエピソードと同じくらい現実味が薄かったのである。

そもそも、義経が私の知っている義経とは違う。いや、違うことはないだろうが、私の知っている義経は、「死んだと見せかけて北海道に逃げ延び、そこでアイヌの娘と次々恋仲になるが、追いすがる彼女たちを振り切って大陸に渡り、やがてチンギス・ハーンとなるも、彼に捨てられた娘たちは、哀れにも海に身を投げて岩になった」という人である。

岩製造人。ピンとこないのも無理はないといえよう。

いずれにせよ、ここは北海道ではなかった。そして、源平合戦は本当にあった。暖かいところの人々は昔から活動的であったのである。

屋島山上駐車場へ到着後は、森の中の遊歩道を十分ほど歩く。やがて緑の中に白と水色のかわいらしい建物が見えてくる。新屋島水族館である。なぜ山の上に水族館を作ろうと考えたのかわからないが、緑の多い気持ちのいい場所である。

入場ゲートを入ってすぐの屋外スペースには、アオウミガメやイルカのプール。そういえば、北海道のおたる水族館も入口すぐの場所にカメがいる。龍宮城ならぬ水族館の案内人として、全国あちこちで出迎え係を任されているのかもしれない。そして、おたる水族館のカメの水槽には「噛むので手を入れないでください」との注意書きがあったが、ここにも「噛まれます!! 手や物を入れないでください」との張り紙である。荒ぶる案内人である。お約束として「カメだけに噛むってか」と言ってみたところ、おたる水族館では友達に「はあ？」と聞き返されたのちに無視されてしまったが、今回はN嬢が「ははは……。確かに……」と何一つ確かなことはないのに力なく同意してくれた。初めての「いやよ

旅」なので優しいのだろう。次回は無視されるかもしれない。

歓声が聞こえ、見るとイルカプールの前で親子連れが大騒ぎしている。プールの中からイルカが一頭、人間めがけて胸びれでぴしゃぴしゃと水を掛けてくるのだ。遊んでいるのかおちょくっているのか見極めが難しいが、おそらくはおちょくっているのではないかと思う。どう見てもイルカが一番楽しんでいる。

そのいたずらイルカによるショーも観覧。いつのまにか現れたもう一頭のイルカとともに、飼育員のお姉さんの指示に従って見事なジャンプや泳ぎを披露してくれる。さっきまで水を掛けられていた親子連れも大喜びである。「ふ……人間なんて単純だぜ」とイルカも思っているであろう。木々をバックに跳ねる姿が美しく、私も単純な人間の一人として夢中で写真を撮ってしまう。

ショーを堪能した後はカメの餌やりを経て、館内見学へ。カメの餌やりでは、投入する餌をなぜかカメが次々見失い、一向に本人の口に入らない事態が出来した。人の手は噛むくせに、餌には気づかないとはどういう了見であろう。餌も無料じゃないんだから、しっかり仕事をしてもらいたいもんだと思っていると、飼育員さんから「もっと近くに落とし

てやってください」とのアドバイスを受ける。かなりの至近距離じゃないと、うまく食べられないのだそうだ。実際、目の前数センチのところにそっと入れてやると、ようやく口にすることができた。ホッとする。ホッとするが、これではほとんど「お口あーんして」の世界である。野生のカメもこんなに優雅な食事方法なのだろうか。今に絶滅してしまうんじゃないのか。

とカメの心配をしているうちに、我々人間界では元祖K嬢に異変が起きていた。昼食のうどんが突如眠気となって襲いかかってきたらしく、急激に語彙を失ってしまったのだ。館内を回りながら、「眠い」「キモい」「かわいい」「お腹いっぱい」の四語でコミュニケーションを図ろうとする。というか、すべてを語ろうとする。見慣れぬ深海魚や海洋生物は「キモい」、マナティやカワウソは「かわいい」、小さな熱帯魚も「かわいい」だが、大きな黒っぽい魚は「キモい」らしい。それ以外のことは、「眠い」と「お腹いっぱい」だ。例外はクラゲで、周囲をぐるりとクラゲの水槽に囲まれたコーナーでは、その幻想的な姿に「よくわからない……」との感想を寄せていた。

午後五時、閉館の時間となり水族館を後にする。残念だったのは、

「タコは茹《ゆ》でられると美味しそうなのに、なぜ生きて動いていると不味そうなのか」との長年の疑問が、今回も解決できないままであったことだ。私は昔から「キモい」か「かわいい」かではなく、「美味しそう」か「不味そう」かで水族館の生き物を判断することにしているのだ。そして、タコは未だにどちらに属しているか判断できない。

外に出るとまだ陽が残っている。周囲を散策がてら「獅子《しし》の霊巌《れいがん》」へ。展望台となっているここは、源平屋島合戦の時、源氏の武将たちが勝鬨《かちどき》をあげた場所だという。眼下には瀬戸内海はもちろん、高松市内も一望でき、確かに征服欲を満たす場所である。武将の皆さんも高揚し、高揚ついでに陣笠《じんがさ》を投げたそうで、それに倣って今では素焼きの小皿を海に向かって投げる「かわらけ投げ」が行われているらしい。しかも、ただ投げるだけではなく、輪の中を通すと願い事も叶うと聞いた。それはぜひとも挑戦し、「原稿を書かずとも原稿料がもらえますように」との積年の願いを叶えなければならない。この五十肩から繰り出される魔球がそれを現実のものとするだろう。と、かわらけ購入のために売店を目指したが、なんとお店は既に閉まっていた。ここも、五時までの営業だっ

たのか。魔球を披露できず、願いも叶わず、まことに残念なことである。
それでもベンチに座り、少しずつ夕日に染まっていく景色を眺めた。海は相変わらず穏やかで、その中にぽこぽことした小さな島が浮かんでいる。北海道で生まれ育ったせいか、私にとって世界は「厳しく果てしない地平がどこまでも続く」イメージがあるが、ここで生まれ育った人たちにとっての世界は、それとはまったく別の姿をしているのだろうと思う。穏やかで静かで平らかでこの海のようにどこまでも凪《な》いでもどこか寄る辺なく……と一瞬しんみりしてしまったが、実際は日本史上に残るどろどろの合戦の舞台となったのだから、人とはわからないものである。

帰りは、屋島寺をお参りしてから駐車場へ戻る。屋島寺は四国八十八箇所霊場の第八十四番札所で、四国の狸の総大将「太三郎《たさぶろう》狸」とも縁の深いお寺だそうだ。実際、境内のあちこちに狸の置物があり、お堂の前ではなんと本物の狸も二匹こちらを見ている。何食わぬ顔をしているが、おそらく普段は和尚さんか茶釜あたりに化けて暮らしているのだろう。狸とはそういうものだ。

狸の正体を見抜いて意気揚々としていた私だが、その気持ちは駐車場

で一気に萎えた。昼間とは明らかに様子が違っていたのである。人も車もほとんどいない。もちろん売店も閉まっており、時刻表を確認すると最後のバスも出た後である。見知らぬ山中、完全に我々だけが取り残されてしまった。

とりあえず電話でタクシーを呼び、ベンチに座って待つことにした。みるみる日が暮れ、あたりはあっという間に真っ暗となった。光を放つものといえばいくつかの街灯と、自動販売機の明かりだけ。その自動販売機は、センサーの前を人が通ると大音量でアンパンマンのマーチが流れ、「ぼく、アンパンマン！　みんな元気ー？」とアンパンマンが異様なテンションで尋ねてくるというものである。

「好きな味を選んでね！」

「ビールがいいっす」

意味もなく自販機の前を通って会話を交わしてみたりしたが、時間とともにどんどん心細くなり、もし今ここにUFOが着陸して宇宙人が降り立ったらどうしよう、などと考えてしまう。このアンパンマンが助けてくれるだろうか。あるいは背中に竜虎の刺繡《ししゅう》のあるスカジャンを着たN嬢だろうか。N嬢のスカジャンは強そうだが、いずれにせよ動きの鈍い私は最初に殺されてしまうだろうなあ、と四国の山の中で絶望的な気持ちになるばかりであった。早くタクシーが来ますように。

食べて登ってよれよれ讃岐アタック③

十月十六日（火）

タクシーは三十分後にやってきた。そそくさと乗り込んで無事に下界へ。私たちが帰った後、一人残されるアンパンマンの自動販売機が不憫だが、夜中、誰もいないはずなのになぜかセンサーが反応して、「ぼく、アンパンマン！」と見えない誰かと会話している可能性もあるので、寂しくはないだろう。

夕飯は高松市内で、地元の魚料理や手羽先など。冷えた身体を温めつつ、初めての四国の夜をのんびり楽しむ。と、言いたいところだが、実は隣のテーブルが気になって仕方がなかった。老夫婦と孫と思しき若いカップルの四人連れで、一見したところ非常に微笑ましいほのぼのした風景なのだが、なんとなくしっくりこないのだ。どうにも微笑ましすぎる。おもに若者二人が微笑ましさを演出しており、

「おじいさん、お酒は何が好きですか」

「おばあさん、何でも頼んでくださいね」

と口調もやけに丁寧だ。今にも、

「ところでおじいさん、先日お預かりした百万円ですけどね、あれ、あと二百万円ほど追加してもらえれば、さらに高利回りで運用できることになりましたよ。もちろん元本は保証しますよ。枠があと一つしか空いていないので、早い者勝ちです。できれば今ここで判子を」

などと言い出して契約書の一枚も取り出すのではないかと、黒い心の私は目が離せない。昔、姫路《ひめじ》のホテルの喫茶室で、きれいなお姉さんに声をかけられていそいそやってきた若い男の子が、待ち構えていたおじさん二人に、ボックス席でいきなり雪隠《せっちん》詰めにされて宝石を買わされている場面を目撃した記憶が蘇る。あの時、次のターゲットを探すため、「じゃあ」とあっという間に立ち去ったお姉さんを呆然と見送る若者の目が忘れられない。

どうかそんな展開になりませんように。

密かに念じている間にも彼らは食事を続け、最後は、

「おばあさん、こっちのエビはどうですか。エビもっと頼みましょうか」

「エビばっかりそんなに食べられないよ」

と、もっともな会話を交わした後、あっさり帰ってしまった。最後まで契約書の登場はなかったので私の祈りが通じたのだと思うが、こういう下世話な勘ぐりはそろそろやめたい。

満腹になった我々も宿へ。「三食必ずうどんを食べる」ことを目標に掲げていたらしい元祖K嬢がシメのうどんを訴えていたが、おばちゃん、さすがにそれは無理である。そう言うと、元祖K嬢は宿の売店でうどんの揚げ菓子を買い、就寝前にそれを食べるよう命じてきた。「菓子を以《もっ》てうどんとす」ということらしい。一口食べてみると、うどんというよりハッカというかニッキの懐かしい味がした。

十月十七日（水）

五時半起床。にょろにょろと布団を抜け出し、朝風呂へ。相変わらず家にいるより断然早寝早起きである。風呂の帰り、館内をふらふら歩いていると、「相田みつをギャラリー」に行き着いた。なぜ唐突にみつをなのだろう。もしや高松出身？　とひらめいてスマホで検索してみたが、生まれは栃木県だそうだ。わりと遠い。しかし、思い返せば今まで訪れた温泉宿でも「みつを」を見かける率が高かった気がする。ギャラリー

はないにせよ、あの独特の文字が額装され、廊下やトイレにさりげなく飾られているのだ。中には「みつを」と見せかけておいて、よくよく見ると宿の主人が自ら書いた「よしを」みたいな色紙を置いていた旅館もあった。さすがにその時は「そこまでやるか！」と声が出たことである。素人にはわからないが、相田みつを的なものと温泉宿の経営とは何か相通じるところがあるのかもしれない。

九時、チェックアウト。ホテルの送迎バスで高松駅へ向かう。バスの運転手さんは私が北海道から来たと知ると、「北海道をバイクで回ったことがあるんですよ！」と嬉しそうに報告してくれた。あそこも行ったここも行ったと教えてくれるが、申し訳ないことに私はほとんど札幌から出ない生活をしているのであまり話を合わせることができない。仕方がないので、とっておきの言葉をささやくことにした。

「寒かったですか？」

「すごく寒かったですねえ！　五月だというのに桜が咲いてるんですよ！」

北海道の寒さは勝手に話が弾んで、案外便利なのだ。

高松駅からはことでんで栗林《りつりん》公園駅へ移動し、そこでレンタサイクルを借りて市内散策……のはずが、わずかの差で電車に乗り遅れ、タクシーで向かったレンタサイクルポートは貸出しを中止しており、別のポートへ向かおうとすると次々赤信号に引っかかり、なんとか到着した後は手続きのためにかなり待たされた。これはもう自転車を借りるなということではないか。遠野で三十年ぶりに自転車に乗った時、「こんなことを続けていたらいつか転んで死ぬだろう」と確信し、元祖K嬢にもそう訴えたのだが、本気にしてもらえなかった。昨日も、「私を著者だと思ってはいけない。お母さんだと思って労《いたわ》りの旅にしてくれ。自転車を中止してくれ」と言ってみたが、「うちの母、すごく食べるし元気なんですよねー」とあっさり返されてしまった。もうだめかと思ったところに、この足止めである。ここまでレンタサイクルを阻む力が働いているとなると、天の意思であろう。天を味方に、改めて元祖K嬢に訴えてみる。

「乗るなってことじゃないですかね」

「まさかー」

一瞬で却下され、呆然としているうちに手続きも終了、天は別に私の味方ではなかったことも判明してしまった。

十時、ふらふらと出発。先頭は元祖K嬢、その後に私が続き、最後尾はN嬢である。N嬢が私の骨を拾ってくれるつもりなのだと思うと、ふらつきながらも少しだけ心強い。まずは、朝食のためにうどん屋さんへ。かけうどんを注文する。セルフということで、自分で麺を湯がき、だしを入れて、天かすとネギを載せた。麺はやや細めだがコシがあり、だしはあっさりしている。ふわふわとした天かすが、そのあっさりだしによく馴染んでコクを出す……らしい。さっき調べたネットの情報を総合すると、そういうことになる。世の中には味のわかる人が本当にたくさんいる。一方、貧乏舌の私は、「美味しい美味しい」と何も考えずに全部食べてしまった。それはそれでいい客だろうが、旅日記を書く身としてはどうかとも思う。

食後は「栗林公園」へ。高松藩主・松平《まつだいら》家の下屋敷に造られた回遊式大名庭園だそうで、六つの池の周りに広大な日本庭園が広がっている。「国の特別名勝に指定されている文化財庭園の中で、最大の広さを持つ」らしく、たしかにあまりに広すぎて、何をどうしてどこを見ればいいのかよくわからない。目に景色が入り切らないのだ。しかも「栗林公園」というからには栗の木がたくさんあるのかと思ったら、造園当初から「松で構成されて」いるとのことで、混乱に拍車がかかる。

　それでも園内をゆっくり回るうちに、わかったことがあった。

「大名、とてつもないお金持ち」

　お殿様のいない地で生まれ育ったので今までぴんときていなかったが、これだけの庭を造り、維持するのは並大抵ではないだろう。時代を経た今も、どこを切り取っても絵になる風景と、手入れの行き届いた木々に圧倒される。見れば、池では和船に乗った観光客が優雅に遊び、橋の上では和装姿のカップルがウェディング写真を撮影している。富士山に見立てた築山《つきやま》に登ると、ひときわ美しい眺めが広がっていて、庭というより「天下」である。大名でこれなら、将軍となると、そりゃ白馬に乗った暴れん坊にもなるだろう（古い）。

　園内の商工奨励館では、香川のうどんの歴史や豆知識などがパネル展示されていた。それによると香川県の男性は一年間に平均三一〇玉、女性は一四九玉のうどんを消費するのだそうだ。

「おお、そんなに!?」

　と反射的に驚いてみたが、よくよく考えると、それがどれだけすごいのかはわからない。

「ていうか、自分の食べたうどん玉の数を今まで意識したことあります？」

「ないです……」

そう、人はおのれが食べたうどん玉の数すら知らないで死んでいく者がほとんどだということも、この街は教えてくれるのだ。

そんな街での昼食も、もちろんうどんである。栗林公園を出て、本日二軒目のうどん屋へ。自転車には未だ慣れず、自分を励ますためにかつて自転車通学していた日々のことを考える。あの頃は、あんな道もこんな道も平気でぶいぶい走っていたではないか。カーブだって細道だって全然問題なかった。障害物もなんなく避けた。と、若き日の栄光の自転車ライフを思い浮かべるのだ。そのうちに、「あれ？　これって走馬灯では？」と思い至ったが、あまり深く考えないようにして、うどん屋へ到着である。

ところが、残念ながら中は満員。店の外にも順番待ちの客が溢れており、そうこうしているうちにも続々と人がやってくる。いかにも会社のお昼休みという皆さんも多く、彼らに順番を譲って我々は諦めることにした。とりあえず、おしゃれな本屋さんに移動し、併設のカフェで思い思いの時間を過ごす。N嬢は本を読み、元祖K嬢はスマホで調べ物、私は「なんとか死なないように一日を乗り切らねば」とまだ自転車のことを考えている。やがて調べ物を終えた元祖K嬢がそっと話しかけてきた。

「次に行くうどん屋さん、『ぽんぽん』っていうお店なんですけど、名前を検索してもなかなか情報が出てこなくて、そのうちに『ちんぽこ』とかが現れて、変だなと思ったらお店の名前を間違えて調べてました。『ぽこぽこ』で検索してました」

　世の中にこれほど「そ、そうですか」としか言いようのない告白があるだろうか。

「そ、そうですか」

「はい」

　思わず見つめ合う二人。

　正しい店名と場所がわかったところで、気合を入れ直してお店へ向かう。海の近くの工業地帯にあり、横を大きなダンプカーが通るたびに「死んだ」と思いながらも、なんとか無事到着。元祖K嬢は、昨日の夕クシー運転手さんお薦めの肉うどん。私とN嬢はかけうどんに、「たまご（味つけ）」をトッピングした。コシがあってもちもちした麺に、塩味の効いただしが特徴的である（というようなことをネットの人々が言っていた）。もちろん、とても美味しい。

昼時を過ぎていたので客の姿はほとんどなく、女性店員さんたちが、某有名私大生が女性を暴行したというテレビのニュースを見ながら、「調子に乗ってたんだね。誰でも人生調子に乗ったらだめなんだ」と話し合っているのが聞こえた。本当にそのとおりである。相田みつをに詩にしてもらって、温泉宿に飾ってほしい。

お肉たっぷりでした。

食べて登ってよれよれ讃岐アタック④

十月十七日（水）

二食目のうどんを堪能した後は、「高松平家物語歴史館」を目指す。名称が漠然としすぎていて、展示内容は謎だが、元祖K嬢によると「日本最大の蠟《ろう》人形館」でもあるらしい。実際、うどん屋さんで道を尋ねたところ、「え？　歴史館？　そんなのあったっけ？」と非常に不安になる答えが返ってきたのだが、「蠟人形が見られるとか……」と口にしたとたん、「ああ、あったあった」と思い出してくれた。歴史より蠟人形のイメージが強いのかもしれない。

目的地までは、自転車で数分。よろよろと漕ぎながら思い出すのは、子供の頃に初めて見た蠟人形である。いつどこでだったかはきれいさっぱり忘れてしまったが、有名人の人形が何体か展示されていたのは覚えている。ジャイアンツのユニフォームを着た長嶋茂雄や、ドレス姿の美空ひばりである。なぜか薄暗い展示室に、彼らがぬっと立っていた。本当にぬっと立っているだけで、似ているでしょうと言われれば確かに似

ているが、だからといってどうしていいかわからない。仕方がないので、母親と、

「長嶋茂雄だって……」

「うん……」

と言葉少なに確認し合った。未だにこの手の有名人蠟人形については、どう受け止めていいのかわからないところがある。「思ったより大きいなあ」とか、「ドレスは蠟じゃないんだね」とかだろうか。正解が知りたい。

その点、素晴らしいなと思ったのは、「博物館　網走《あばしり》監獄」の囚人の皆さんである。かつての網走監獄の建物を保存公開している博物館の、そのあちこちに蠟人形の囚人がいるのだ。彼らは、看守に見張られながら食事をしたり、過酷な労働の束の間、丸太を枕に眠ったり、浴場で見事な刺青《いれずみ》を披露したり、天井の梁《はり》を伝って脱獄しようとしたりしている。囚人生活が実に明るく生き生きと……ではなく、生々しく再現されているのだ。あれはとてもよかった。人形といえども「生きてる」感じが伝わってきた。「高松平家物語歴史館」はどちらのタイプだろうと、脳内で蠟人形思い出祭りを繰り広げているうちに到着である。

「さあ、行きましょう！」

張り切ったはいいが、例によって平日の旅である。駐輪場や駐車場には人の気配がなく、なんなら入口のチケット売り場にも人がいなかった。奥というか薄暗い虚空に向かって元祖K嬢が「すみませーん」と声をかけると、どこからともなく係の人が現れるシステムである。いや、別にシステムではないのだろうが、たまたまそういうことになった。ほかにお客さんはいないのかなあとロビーを見回すと、視界の隅にちらりと人影がよぎった。

「あ、誰かいる」

目を向けた先には、弓を携えた蠟人形の鎧《よろい》武者である。どうやら那須与一らしい。与一は写真撮影コーナーを担当しており、椅子に腰掛けると背後に写り込む係に任命されている。ゴルゴ13に「俺の後ろに立つな」といきなり殴られそうな立ち位置だ。しかも弓矢という武器を手にしており、完全に殺《や》られるパターンである。どうかゴルゴ13が見学に来ませんように、と与一のために祈りつつ、蠟人形館へと続く通路を抜けると、

「おおっ」

一気に暗くなり、目の前にスポットライトに照らされた蠟人形が、ずらりと浮かび上がった。「四国の偉人たち」である。空海をはじめ、正《まさ》岡子規《おかしき》や吉田茂《よしだしげる》、藤田元司《ふじたもとし》といった各界の著名人が総勢四十名ほど。もちろん坂本龍馬もいる。女性陣は歌手の笠置《かさぎ》シヅ子《こ》と舞踊家の武原《たけはら》はんの二人である。武原はんは初めてお目にかかったはずなのだが、どこかで見たようなお顔立ちである。しばし考えた結果、髪型と和服で印象を変えているものの、昔見た美空ひばりの蠟人形にそっくりであることに思い至った。さらには、杉村春子にも似ている。もしや一つの型で三人の人形が作れるような仕組みになっているのだろうか。蠟人形界に伝わる秘密の倹約システムか。だとしたら絶対口外してはいけないと思いながらも、すぐにN嬢に報告してしまう。

「これ、美空ひばりに似てません?」

「似てますねえ。もしや流用……?」

皆、考えることは同じなのだ。

それにしても、この著名人の蠟人形というのは、本当にどう受け止めたものか。照明の加減か、三木武夫《みきたけお》元総理の顔色が異様に悪く、救急車を呼んだ方がいいのではないかと心配になったが、そういう話でもない

だろう。気持ちの落とし所を見つけられないまま、偉人たちの間をすたすた進む。早足になりがちなのは怖いからだ。暗がりの中を両側から人形に見つめられて進むという状況が、お化け屋敷の構造と酷似しているせいであろう。とにかく気味が悪い。さっきから奇妙な声も聞こえる。大勢の人間が何かを叫んでいるような声だ。しかもそれがだんだん近づいてきて……というか、正確には我々が近づいていっているのだが、二階へ向かう階段に差し掛かった時に音量はピークに達した。

「うおおおお！」

だから怖いって！

見ると、いきなりの合戦である。一階と二階の吹き抜けを利用して、平家物語の「一の谷の合戦」シーンが蠟人形で再現されているのだ。急勾配の崖を、馬に乗った源氏の軍勢が駆け下りている。鵯越《ひよどりごえ》の逆落《さかお》としである。聞こえていたのは、BGM的に流されている彼らの雄叫《おたけ》びであった。義経は勇ましく弁慶《べんけい》はわりとクールに他の家来は決死の形相で、それぞれ馬もろともほぼ落下の体《てい》である。なるほど、「四国の偉人」は終わり、ここからいよいよ「平家物語」が始まるのだ。

二階に上がり、改めて順路を辿《たど》る。「第一景　平忠盛《たいらのただもり》、鬼を捕らえ

る」から「第十七景　琵琶《びわ》法師」まで、平家物語の名場面を追う趣向となっている。深呼吸して、気持ちを整えた。不気味な声の正体も判明し、ただ虚空を睨んで立っている著名人たちとは違って、それぞれ役割の与えられている網走監獄タイプの蠟人形である。大丈夫、さほど不気味さは感じられないはず……と自分に言い聞かせてスタートしたが、まったくもってそんなことはなかった。

清盛《きよもり》誕生前のエピソードや平家がブイブイいわしている時代の人形たちはともかく、謀反《むほん》の罪で島流しにあった俊寛《しゅんかん》の狂気を感じさせる表情や、遷都の後に清盛を悩ませたという物怪《もののけ》の気合の入った演出など、歴史館側も完全に脅しにかかっている。わかってはいても、「蠟人形に！　そこまで！　やらせないで！　あと暗い！　電気点けて！」と泣きそうになるのだ。特に物怪は、こんなものをしょっちゅう見ていたら、そりゃ清盛もおかしくなってしまうだろうと納得のおどろおどろしさである。このあたりになると、元祖K嬢もN嬢もさすがに「怖い」と口に出し始めた。折しも我々の背後を一組のカップルがすっと通り過ぎて行った。蠟人形館に入って初めて会う自分たち以外の客だったが、

「人間……だよね？」

ともう何も信じられなくなっている。私は既に「怖い」を通り越して「帰りたい」の域に突入していたが、しかし「物怪」のシーンで第六景。まだまだ蠟人形お化け屋敷（じゃないけど）は続くのだ。

その後も、焼き払われた大仏の下敷きになって死んだ人の無念を感じたり、死にゆく清盛の枕元に座る人々の死神のような陰欝とした雰囲気にやられたりと、心安らぐ暇もない。クライマックスの屋島・壇ノ浦の戦いを迎える頃には、かなりの蠟人形疲れに陥っていた。ロビーで写真撮影コーナーを担当していた那須与一が主役に躍り出て扇の的を狙っていても、優しい言葉の一つもかける気にならないほどだ。

なにしろ平家の軍勢は敗色濃厚で、既に敦盛《あつもり》が死んでいる。そして、「第十三景」では幼い安徳《あんとく》天皇がまさに入水《じゅすい》直前である。舟の上で小さな手を合わせ、祖母の二位尼《にいのあま》に「波の下にも都がございます」と海に入るよう促されているのだ。「だめだ！　そんな子供だましを信じるな！」と声をかけたくなるが、実際、子供であるから仕方がない。そして子供であるのに、子供とは思えないくらい顔色が悪くて心配だ。場合が場合だから仕方がないとはいえ、救急車を呼んで一階の三木元総理と一緒に病院に搬送してあげたいくらいである。

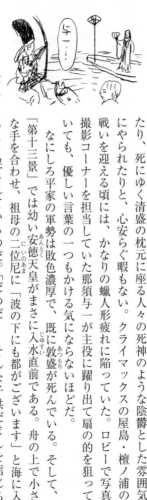

痛ましいような気持ちで先へ進む。すると今度は平　教経《たいらののりもり》が敵方の武将二人を道連れに、鬼の形相で討ち死にである。

「わかってると思うけど、いくら頑張っても、もはや千人くらい道連れにしないと形勢は逆転しないのよ……」

　虚しいわ暗いわ人形は怖いわ平家ぼっこぼこにやられてるわで、私の心もだいぶ弱ってきている。やたら人形に肩入れする反面、元祖K嬢やN嬢のちょっとした動きにも、びくっと怯えるようになってしまった。そしてそんな私の目に、容赦なく死体の山が飛び込んでくる。「第十五景　平家滅亡」だ。身体中に矢を突き刺したまま武将たちが折り重なるようにして倒れ、〝もはやこれまで〟と入水した女の髪と着物が無残に水面に広がっている。これぞ死屍《しし》累々。

「蠟人形に……そこまで……やらせないで……あと暗い……電気点けて……」

　と、脳内抗議の声も弱々しくなるような惨状だ。

　とにかく皆、死んでいる。苦悶《くもん》の表情を浮かべて倒れ伏した人も、目を開けたままの人も、一人残らず死人である。その彼らを作り物の月がぼんやりと照らしている。ああ、お月さま。平家はついに滅亡したので

すね。そして私はいつ外に出られるでしょうか。

そう月に語りかけた直後、ふと我に返る。大丈夫だろうか、私。このままでは平家物語に取り込まれてしまうのではないか。そんなことになっては大変である。物語の中でどう振る舞っていいのかもわからず、せいぜい清盛の枕元で死神みたいに座るくらいしかできないであろう。いや、ということは、ひょっとするとあの人形たちも、元々は私と同じ見物客だった可能性もある。彼らの禍々《まがまが》しいまでの陰欝さは、物語に閉じ込められた者の悲哀だったのだ。などと考えると一刻も早く外に出て、平成の明るい陽を浴びなければと思う。残る展示はあと二つ。生き延びた建礼門院《けんれいもんいん》が後白河《ごしらかわ》法皇に身の上を語ったシーンと、平家の物語を後世に伝える琵琶法師の姿だ。建礼門院をほぼすっ飛ばし急ぎ足で琵琶法師に近づく。法師の前には先ほどの見物客だろうか。身を乗り出して見入っているカップルの姿があった。「よかった、人がいる」とほっとしたのも束の間、N嬢が気づいた。

「あの人たち、人じゃないですよね……」

「ひっ」

思わず声が出た。最後の最後まで油断はできないのだ。

なにはともあれ、無事に出口にたどり着き、しばしロビーで呆然とした。そしてこれを書いている今、「高松平家物語歴史館」が二〇一九年三月二十四日に閉館すると知らされて、さらに呆然としている。まさにこの世は諸行無常。

午後三時、歴史館を後にする。三人で

「いやあ、なんかすごかったですねえ」

「予想外にすごかったですねえ」

「ほんとすごかったですねえ」

と貧弱な語彙で語り合いつつ外に出ると、植え込みの脇で犬が一匹寝そべっていた。まさか蠟人形じゃないだろうなと思ったが、モフモフ動く本物の犬だった。温かくて柔らかい生き物はいい。

食べて登ってよれよれ讃岐アタック⑤

十月十七日（水）

まるで門番のように佇む犬に別れを告げ、「高松平家物語歴史館」を後にする。これから高松城跡の「玉藻《たまも》公園」へ向かうのだが、しかし、なかなか蠟人形館の衝撃から抜け出せない。無駄な迫力と無意味なリアリティ……といえば語弊があるが、あの人形から立ちのぼる生々しさやおどろおどろしさが、忘れられないのだ。

思えば、ひとけのない館内の雰囲気が素晴らしかった。もし展示場が満員電車のような混雑であったら、到底この充実感は生まれなかったであろう。まさに奇跡のような空間であり、できればずっと無人の恐怖を提供してほしいと思うものの、さすがに採算を考えるとそれはまずい。ここは一つ涙をのんで人を呼ぶとして、狙うはインバウンドだ。ただその場合、観光客を大々的に呼び込んで、ぱーっと盛り上げるのだ。ただその場合、外国人問題が一つあって、たぶん外国人は『平家物語』を知らないんじゃないかと思う。まずはそこの周知から取り掛からねばと、まさか五ヶ月後に

閉館が待っているとは思わず、延々考え続けてしまう。完全に心を蠟人形に支配されてしまった。

　蠟人形で頭をぱんぱんにしたまま、玉藻公園に到着。歴史館の雰囲気とは打って変わって明るく広々とした空間に、やや気後れした気分で自転車を降りる。私の中の清盛が拒否反応を示しているのだ。恐るべし清盛。だが、さすがの清盛も美しい石垣や櫓《やぐら》を眺めているうちに、徐々に姿を消し、やがて平家物語の世界から現代社会に魂が戻ってくるのがわかった。すると気分は一気に現代人。

「どうだ清盛、これなーんだ」

　と心の中でスマホを見せびらかしつつ、園内の写真を撮る。ちょうど「菊花展競技会」が開催中らしく、歩道の脇には美しく咲いた菊の花がずらりと展示されていた。私は花を見る目をまったく持たないので、

「黄色い」

「白い」

「紫のもある」

「あと菊は単体だと全然葬式っぽくない」

　という程度の感想しか浮かばなかったが、時折、菊の手入れをしなが

ら知り合いとおしゃべりをしているおじさんの姿を見ると、なぜだか妙に羨ましくなった。私にも「菊を育ててお城の公園の競技会に出品してそこで手入れをしている午後、偶然友達と会ってにこにこ世間話をする人生」があったかもしれないと思うからだ。まあ、冷静に考えると私の人生にそういう要素は一ミリもないし、菊についても特段好きではないし、花の手入れをしているおじさんも家に帰れば、奥さんに逃げられ、結婚した娘はまったく寄り付かず、残された息子はギャンブル三昧で借金まみれ、みたいな辛い日々を送っている可能性もあるが、少なくとも秋の公園の穏やかな光の下ではとても幸せそうに見えた。穏やかな四国マジックかもしれない。

　このあたりで時刻は午後四時近く。元祖K嬢に促され、「玉藻丸」の乗船手続きに急ぐ。お城の内濠《うちぼり》を和船で周遊する「城舟《じょうせん》体験」の時間が迫っているのだそうだ。水門横の受付で支払いを済ませ、ベルトタイプの救命胴衣を装着するよう促される。係のおじさんが二人、あれこれ世話を焼いてくれたが、そのうちの一人が私が北海道から来たとわかると、「北海道！　北海道！　なんでわざわざ！　北海道から！」とたちまちテンションを上げた。さらには、どうなの？　北海道はもう寒い

の？　気温はどれくらいまで下がってるの？　え？　十度？　十度？　十月なのに十度？　うわあ！　それは冬だ！　冬だよ！　と畳み掛けるように驚いた後に、

「俺、寒いの嫌い！　そんなとこ住めない！」

とばっさり斬るのだった。

斬られながらも、せっかくなので法被とすげ笠も借りて気分を盛り上げる。魚のエサも購入。船頭さんの指示に従って舟に乗り込むと、水面には早くもたくさんの魚の影が見えた。目立つのは鯉《こい》ではなく、鯛《たい》である。黒鯛と真鯛がおり、その他にも、スズキ、ボラ、イカ、フグ、ヒラメなど、全体的に高級寿司店っぽいラインナップになっている。高松城のお濠は瀬戸内海と繋がっているため、海水魚が棲息《せいそく》しているのだそうだ。舟が進むと、その魚の群れも後を追うように移動する。さすが高級寿司店。優雅である。が、ためしにエサを撒《ま》いてみると、それまで静かに並走していた魚が一斉に興奮状態となり、阿鼻叫喚《あびきょうかん》の地獄絵図みたいな奪い合いの光景がたちどころに広がった。どこかで見たような景色だと思ったら、昔の記録フィルムに映る進駐軍のチョコレートに群がる戦後の日本の子供たちである。そう気づいた瞬間、楽しい舟遊びが一気

に切なくなりそうだったので、進駐軍ではなく手下に褒美を与える乙姫の気分へと切り替えた。
「さあさあ、お前たち、今日は宴会じゃ。存分にお食べ。そして、あそこの浦島太郎殿に舞いを見せてやっておくれ。なんなら自ら刺身になっておくれ」
　ちなみに青い点々があるのが真鯛なのだが、昨冬の寒波でだいぶ死んでしまい、今は数がかなり減っているのだそうだ。やはり魚も「俺、寒いの嫌い！　こんなとこ住めない！」ということなのだろう。
　お濠からは元藩主邸の披雲閣《ひうんかく》や本丸と二の丸を繋ぐ鞘橋《さやばし》、そして再建された天守台も間近で見ることができる。船頭さんによると、天守台の石垣には蛸《たこ》に見える石が嵌《は》め込まれているそうで、「ほら、あそこ、あの真ん中あたり」と一所懸命に説明してくれたのだが、これがあなた、どれだけ目を凝らしてもさっぱりわからない。同じくN嬢も見つけられなかったらしく、二人で「どこ？　え？　どこ？　どこだ？」と言い合っている間に通り過ぎてしまった。おそらく「心のきれいな人にだけ見える蛸」なのだが、どうやら元祖K嬢にはわかっていたらしく、つまり元祖K嬢は我々より心がきれいだということである。憎い。と、元祖K

嬢を憎んでいる場合ではない、今思えば写真の一枚も撮って後で検証するべきであった。心の清盛に見せびらかすだけがスマホではないのだ。

恐ろしかったのは最後、残ったエサを一気にばら撒いた時の、魚たちの狂乱ぶりである。花火大会のラストみたいな大盤振る舞いが魚たちを刺激したのか、今にもエサを狙って舟を占拠しそうな勢いで食いついてきたのだ。その興奮した様は、ヒッチコックが生きていたら、『鯛』という映画を撮ってもらいたいくらいであった。鯛。あまり恐怖を煽られないタイトルだが、城主の祝言を数日後に控えたある日、お濠の鯛が人間に襲いかかるという、我々日本人の縁起担ぎに冷水を浴びせかけるようなパニック映画である。主人公は日頃迷信など信じず、周囲から「罰当たり」と呼ばれていた若侍。持ち前の合理的思考が買われ、主君の祝言を滞りなく執り行うため、鯛討伐の命《めい》が下されたのだ。「このおめでたい時に鯛が……」とショックを受ける他の家臣たちを尻目に、彼は原因究明に動き出す。しかし、水門を閉めたにもかかわらず、鯛の数は増すばかり。時間とともに状況は悪化し、城内のいたるところで鯛に喉仏を食いちぎられて、倒れる者の姿を目にするようになった。このままでは幕府に知られるのも時間の問題。もはや祝言がどうこういう段階では

ない。お家存亡の危機である。さすがの若侍にも焦りの色が見えてきたその夜、城下で奇妙な噂を耳にする……。

全然ヒッチコックっぽくなくなったが、それはそれとしていつか観てみたい映画である。

下船後は公園内を散策。舟から見上げた天守台に登ったり、鞘橋から景色を眺めたり、タッチの差で公開時間が終わってしまっていた披雲閣前で悔しがったり、「陳列館」で高松市の歴史を学んだりした。途中、元祖K嬢が遠くの木の枝にとまる青鷺《あおさぎ》を見つけるも、やはり私とN嬢には探しだすことができない。

「ほら、あそこ、あの真ん中あたり」

「どこ？　え？　どこ？　どこだ？」

と、さきほどとまったく同じ会話を交わしたが、今回はデジカメで撮影してもらい、それを実際の景色と照らし合わせることでようやく姿を捉えることができた。青鷺についてはとくに感想はないが、この短時間で若干心がきれいになったのはよかったと思う。

日が傾いてきた頃、公園を出てレンタサイクルの返却へ向かう。今回もなんとか死なずに済んだと、正直ホッとする。もう一生自転車など乗

りたくない。今後は石油王に見初められ……というのはさすがに図々《ずうずう》しいお年頃なので、石油王に「死んだ母親そっくり」とかなんとか言われて、徒歩五分のコンビニに行くにも自家用ジェットを飛ばすような生活がしたい。いや、石油王の瞼《まぶた》の母くらいになると、ジェット機を飛ばすまでもなく、コンビニが向こうから来るかもしれないが、いずれにせよ自転車に乗らずとも何不自由なく生きていきたい。そう念じながら自転車を返した。私がそんなことを考えているとはつゆ知らず、スタッフの人がにこやかに「また来てね」と声をかけてくれて少し胸が痛んだ。

その後、コンビニで缶ビールとつまみを仕入れ、ことでんの高松築港《たかまつちっこう》駅へ。琴電琴平《ことでんことひら》駅まで移動し、今夜はそこで投宿となるのだ。元祖K嬢の「ことでんはビール飲めますよ。大丈夫ですよ。観光列車みたいなものですよ」という言葉を信じてわくわく乗り込んだはいいが、なんということでしょう、どこからどう見ても地元の通勤通学電車ではありませんか。しかも学生さんがいっぱい。最初はなんとか隙を見つけてビールを、と思わないでもなかったが、さすがの私も制服姿の学生さんに囲まれながら酒を開ける勇気はなく、一時間ほどの距離を黙って電車に揺られた。いやほんと、文字どおり揺られた。ことでん、揺れがすごい。後

で知ったことだが、ことでんの揺れの激しさは有名なのだそうだ。とりわけ終点近く、乗客が減ってくると全体が軽くなるせいか、実に思い切りよく揺れた。若い元祖Ｋ嬢は「ど、どうしてこんなに揺れるんですか？　壊れてるんじゃないですか？　だ、脱線しないですか？」とおろおろしていたが、あの懐かしのポリ茶瓶に入ったお茶が派手にこぼれるような昭和の鉄道を知っている私としては、動じるようなことではなかった。歳もとってみるものであるし、なにより早くビールを飲みたいことである。

　夜は、ホテル近くのお店で念願のビールと食事。「三食うどんを食べる」という元祖Ｋ嬢の目標は聞かなかったことにして、お刺身や昨日のタクシー運転手さんお薦めの骨付き鶏《どり》などを食す。思いのほか疲れていたのか、あっという間にアルコールが回り、早々に退散。ホテルに戻って風呂に入ったところで、すぐに寝てしまった。

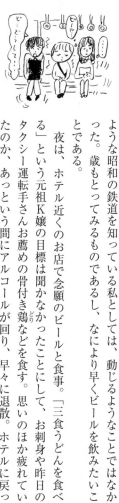

十月十八日（木）

　六時起床。というか、紙数が残りわずかというところでいきなり日付を変えてしまって、自分が何を考えているのかわからない。一体どうするつもりなのか。とりあえず、朝風呂の後、昨日買った「うずらの味付け卵」とともに朝ビールを二本。目を覚ました元祖K嬢に「二本も！」と言われたが、荷物を軽くする意味でも、朝のうちの消費が大事であると強く訴えたことを報告し、次回に続きたい。

本当にこんな中途半端で何を考えているのか。猛省を（自分に）促しつつ、次回、こんぴらさんにお参りします。

食べて登ってよれよれ讃岐アタック⑥

十月十八日（木）

六時起床。朝風呂の後、ビール二本。と書くと優雅な温泉旅のように見えるであろうか。しかしその実、私の心は震えていた。なぜなら今日は「こんぴらさん」にお参りする日だからだ。こんぴらさん。訪れるのは初めてであるが、お噂はかねがね耳にしていた。曰く「階段がすごい」「階段がひどい」「階段がありえない」。ありがたい神社であろうに、皆、主に階段のことしか言わない場所である。怖すぎる。お気づきかと思うが、私は自転車も乗りたくないし、階段も上りたくないのである。

　思えば昨日までの讃岐旅、時折胸をよぎる階段を振り払い、敢《あ》えて自転車に意識を集中してきたところがある。「階段などない」と思い込むことで、階段の存在を消そうとしていたのだ。私の思念に反応した気候変動か何かで、こんぴらさんから階段が消える。見渡せば、果てしない平地にぽつんと本宮。今のなんでもありの世の中、そういうことだってないとは限らないかといえば、限る。どう考えても限るのであって、案

の定こんぴらさんから階段が消えたというニュースは聞こえてこないまま、この日を迎えてしまった。

　仕方がない。ビールで景気づけをし、覚悟を決めてスマホを手に取る。今までは知らないことで心の平安を保っていたが、さすがにそんな悠長なことは言っていられない。敵を知り己を知れば百戦なんとかである。なんとかというか「殆《あやう》からず」であり、また我が国には「幽霊の正体見たり枯れ尾花」ということわざもある。ひょっとしたらすべてが私の勘違いで、よくよく調べてみたら、こんぴらさんの階段は十二段くらいかもしれないではないか。気を取り直して、検索。

「こんぴら　階段　段数」

「一三六八段」

「ぼ」

　よくわからない変な声がでた。一三六八段。一三六八段といったら一三六八段である。それはつまり一三六八段ということだ。救いを求めるようにあたりを見回すと、元祖K嬢とN嬢は、まだすやすやと眠っている。階段など怖くもなんともないのだろう。枕元で「せん！　さんびゃく！　ろくじゅう！　はちだん！」と叫びそうになったが、年長者とし

ての理性がかろうじて押しとどめたというか、そうだよ！　年長者なんだよ！　よぼよぼなんだよ！　無理だろ階段！　出るとこ出ようか？　あぁ？　と、どうも情緒が不安定である。ビールで気を鎮め、何か心の支えになる情報がないかと検索を再開する。おや、するとどうでしょう。一三六八段というのは「奥社《おくしゃ》」と呼ばれる厳魂《いづたま》神社までの段数であり、「御本宮」までなら七八五段であることがわかったではありませんか。なんと六〇〇段近くも少なくなるのです。

「わあ、よかった！　嬉し……くねえわ!!　七八五段だって腹いっぱいだわ!!」

　本当に情緒が安定しない。さらに、検索中に行き着いた香川県のサイトに、「参道のお土産屋さんで勧められて無料の杖《つえ》を借りたところ、返却時に商品の購入を半ば強要された」的な投稿と、それに対する「厳しく指導します。ごめんなさい」的な回答が掲載されているのを見つけてしまい、ますます怖気《おじけ》づいてしまった。もし、そんなことが今もあるなら、杖は持たずに上るしかない。だが、それは可能であろうか。途中で動けなくなったら、一番若い元祖K嬢が私を背負うのであるが（あるのか？）、彼女にその覚悟はできているのだろうか（できていないであろう）。なんというか「前門の階段　後門の無料杖」状態である。調べれば調べるほど、こんぴら試練が私に襲いかかってくるのだ。

不安を胸に午前九時、ホテルを出発する。既に足取りは重かったが、ホテルの玄関で無料の杖が貸し出されているのを見つけたのは幸いであった。元祖K嬢が、「え、北大路さん、杖使うんですか？」と尋ねてくる。呑気《のんき》だ。もし杖がなければ自分が私を背負って上らねばならないことに気づいているのだろうか（いないだろう）。

ホテルから参道までは徒歩で五分ほど。参道の入口から奥を眺めると、長く続く参道の先にこんもりとした山が望める。その中腹に御本宮があるのだそうだ。遠すぎる。そして上すぎる。意味がわからない。海の神様であるはずなのに、なぜそんな山の上に……。と、神様に異議を唱えつつ、まずは腹ごしらえ。だしの香りに吸い寄せられるように、うどん屋へ入る。お伊勢参りの時も思ったが、神様関連業界は早起きだ。参道脇の店は既に営業を始めている。かけうどんに半熟卵天をトッピング。思わずビールを注文しそうになるも、これからの道のりを考えて断念した。褒めてほしい。

食後、重い腰を上げて改めての出発である。店を出るとほどなく「こ

杖を頼りにひたすら上るキミコさん。

んぴらさん」と彫られた石の標識が現れる。その横には石段。ここから一三六八段というか七八五段というか、とにかく金刀比羅宮《ことひらぐう》へと続く長い道のりが始まるのだ。ああ、嫌だ。記念すべき一段目であるが、非常に後ろ向きな気持ちで上る。ただ、このあたりはまだ傾斜も緩やかで、平らな場所も多い。平坦な道をしばらく歩いては、階段を少し上る感じである。両脇には古くからの土産物屋が軒を並べ、石畳とマッチした風情あふれる景色が楽しい。同時に「杖貸します（無料）」の貼り紙が目につくようになり、「ど、どの店が買い物を強要したのですか……」と思わず中を覗きそうになるのを抑えるのに苦労した。

「百段目」とプレートの貼られた石段を過ぎ、「一之坂鳥居」へ。坂というだけあって、ここから石段は一気に勾配がきつくなる。平地部分も明らかに減った。いよいよ気持ちが暗くなる。一方、元祖K嬢とN嬢は土産物屋をひやかしたりして楽しそうである。行き倒れた私を背負う体力を温存してほしいところであるが、まずは私が行き倒れないようにするのが先だろう。黙々と足を進めると、やがて上方に大きな門が見えてきた。その名も「大門《おおもん》」。堂々とした姿に「あれが本宮だったらいいなあ……ていうか、元祖K嬢が勘違いしてくれるといいなあ」と祈りつつ一段一段上る。ところがこの大門、見えてからが遠い。上がれども上がれども近づかない。そのうち息が切れ、足が重くなり、泣きが入る。

「足が上がらなくなってきたー」

「こんなところで足が上がらないなら大変だよ！　まだまだだよ！　わっはっは」

通りすがりのおばあさんに思い切り笑われてしまった。ひどい。彼女が北海道に来たら「こんなので寒いなんて言ってたら冬を暮らせないよー、わっはっは」と言ってやろうと決意するが、そんなことより、そうか、まだまだなのか。

実際、大門で三六五段。確かに半分にも届いていない。それでも大門から来た道を見下ろすと、ジオラマのような鳥居前町と、その向こうにきれいな山並みが見えた。景色としては、もう十分である。ありがたみもある。引き返し時ではないかと提案するも、あっさり却下。

「ほら平らな道ですよ」

と話を逸らされてしまった。確かに、大門の先は桜馬場《さくらのばば》と呼ばれる平坦な石畳の道が続いている。桜の枝が参道を両側から覆うように広がり、春になると見事な花を咲かせるのだそうだ。今の時期は地味なビジユアルだが、桜が咲いておらずとも、道が平坦であるだけで素晴らしい。神苑の空気も清々しく、苔むした石灯籠も実に趣がある。景色としては、もう十分である。ありがたみもある。引き返し時ではないかと提案するも（以下略）。

桜馬場を抜けて、再び石段である。本当によくもまあこんな山の上に神社を作ったものだ。誰か途中で「もうこのあたりでいいか」と言わなかったのか。私なら言う。そんで「余ったお金で皆で酒飲みに行こーぜー」と言っちゃう。と、罰当たりなことを思っているうちに、次の平地に到着した。ここには厩が置かれており、神馬が飼われているのだという。覗くと尋常ならざる毛並の白馬である。ただ、我々が行った時はちょうどご飯時だったようで、飼葉を食べるのに忙しく、ほとんど顔を見せてくれなかった。一応写真も撮ってみたが、白磁と見紛《みまが》うばかりのつやつやの背中が写っているだけである。

それにしても、この時点でまだ道半ばとは。げんなりする私を元祖K嬢が、

「この先にカフェがありますよ」

と励ましてくれる。気持ちは嬉しいが、言うに事欠いてカフェ。駅前

じゃあるまいし、そんな気軽にカフェがあるはずがないだろう、騙されないぞと思っていたら、本当に突如おしゃれな資生堂パーラーが現れた。まさか狐《きつね》に化かされているのだろうか。というかカフェがあるということは、本当はここまで車で来られたんじゃないだろうか。複雑な思いが渦巻きながら、とにかく一休みである。疲れているのか、普段は飲もうと考えたこともないりんごジュースを頼んでしまう。身体が健康的な何かを慌てて欲しているのかもしれない。

休憩後は、一気に御本宮を目指す。残り二八五段。かなりゴールに近づいた感じがするも、ここからは石段が佳境に入り、「石段に次ぐ石段」の様相を呈してくる。次の平地は百段ほど先の「旭社《あさひしゃ》」である。既にお参りよりも平地を求める旅になっているが、足へのダメージが蓄積されつつあり、もう平地のことしか考えられないのだ。

一方、私の横では、N嬢がまったく平気な顔をしている。不思議に思って尋ねると、幼い頃からお父様に連れられて山の上の寺社仏閣を訪ね歩いていたらしい。羨ましい。うちの父が私に教えてくれたことといえば、麻雀《マージャン》のルールくらいだ。しかも「面倒だから」と点数計算は教え

ないうちに死んでしまった。父の死に際してはさほど後悔することはないが、麻雀の点数計算だけは教わっておけばよかったと思う。

「もうすぐです」

N嬢の声に顔を上げると、石段の先に立派な社殿が見えた。旭社だ。が、とても立派なので御本宮といってもいいと思う。そうだ、もうこれは御本宮ではないのか。若い人がご存じかどうかわからないが、あの森《もり》の石松《いしまつ》もここを御本宮だと思って引き返したというのだ。それでも特に神罰が下るわけでもなく、日本中に名を轟《とどろ》かせる侠客《きようかく》となった。まあ、最期は殺されてしまったけれど、それは侠客であれば仕方のないことである。大事なのは気持ちだ。かの有名な仁和寺《にんなじ》の法師だって、石清水《いわしみず》八幡宮より遥か手前のお寺をお参りして帰ったが、本人は満足していたではないか。何も問題はない。せいぜい教科書に載って日本中の青少年の教訓とされるくらいである。

我々も偉大なる先人の例に倣い、この旭社を御本宮とするべきであろう。そしてともに最期は侠客として死に、早とちりの代表として教科書に載るべきであろう。そういった強い思いを込めて、

「もうここでいいんじゃないかな」

とさりげなく提案してみるも（以下略）。
石段はまだまだ続く。

食べて登ってよれよれ讃岐アタック⑦

十月十八日（木）

それにしてもどうしてこんぴらさんは、というか神社仏閣はというか、山の上に建てられることが多いのだろう。もちろん理由がきちんとあるのだろうが、できれば建立《こんりゆう》前に神通力か何かで未来を見通し、「この先、自動車というものが発達するだろう。そしてコンビニエンスストアというものができるであろう。すると、歩いて五分のコンビニエンスストアに自動車で出かけるようなおばちゃんが登場するであろう。やがてその体力ゼロおばちゃんがお参りに来る時代がやってくる。その時のために、よし、平地に建てよう！」と思ってほしかった。

「旭社」で、その束の間の平地を味わう。旭社は見れば見るほど「もうこれが御本宮でいいのでは？」と思わせる風格を漂わせているが、何度確かめてもやはり御本宮ではないのだそうだ。釈然としないまま、仕方なくさらに奥へ。「黄銅鳥居」をくぐって階段を上り、「賢木門《さかきもん》」を抜けてまた階段を上り、森がますます深くなったところでようやく現れるの

が、本宮手水舎である。参詣者はここで手と口を清め、最後の一三三段というか御本宮へ向かうのだ。ところが、実はこの手水舎の手前に、一段だけの下りがある。それまで上り続けてきた身としては、一瞬「これは騙し絵か何かで本当は上っているのでは？」と混乱するが、もちろんそんなことはない。御本宮までの階段を七八六段、つまりは「悩む（七八六）」にしないための帳尻合わせだそうだ。

この疲れた身体に、まさかの語呂合わせ。一日の終わり、やれやれと座った居酒屋のカウンターで、突然隣のおっさんからおやじギャグを聞かされた時のような脱力感に襲われるも、「ここで一七三九段足して、二五二五（ニコニコ）段にしちゃえ！」とならなかっただけ感謝せねばなるまい。マイナス一段で悩みを捨て、我々はいよいよ御本宮へと続く最後の階段を上り始めるのである。

「長っ！」

その階段が見るからに長いし、上り始めても長い。ちなみに階段下には真須賀《ますが》神社があり、勇武絶倫の勇ましい神様だとは知らずに「原稿を書かずとも原稿料がもらえますように」と、いつもの卑小なお願いをしていた。

「ほら、もうすぐですよ！」

　すぐに立ち止まる私を、原稿を書かない私に原稿料を払うことになるN嬢が励ましてくれる。どう見ても全然もうすぐじゃないが、嘘を糾弾する気力もない。上ることに必死で、そうすると必然的に無口となり、なるほど山の上に神社仏閣を建てるのには、こうして自分自身を見つめ直し、心を無にさせる意味もあるのだろう……と思ったが、以前、山形の立石寺《りっしゃくじ》で千段余りの階段を友人と上った時には、

「私……疲れて死にそう……」

「私も……」

「じゃあ、あの世で会えるね……」

「嫌だよ……」

「え！」

「あの世では別行動だよ」

「は？　なんでよ！　同時に死んだら同時にあの世に着くでしょ！」

「そんなことわかんないでしょ！　そもそも私は天国に行くけど、北大路さんは地獄かもしれないでしょ！」

　と意味不明の言い合いになって、ふもとで待っていた友人に「姿は見

えなくても罵り合う声だけが聞こえてきたよ」と言われたので、あまり意味はないかもしれない。

それでも、なんとか最上段へ。最後の一段を上りきった時、目の前に広がる境内の景色に、思わず声が出た。

「わあ！　立派な平地！」

いや、たくさんの参拝客で賑わう感じがいかにも平地っぽいのだ。階段はこんなに大勢の人が一度には立てないからね。

もちろん御本宮も素晴らしい。仰ぎ見るその姿は、「由緒」を具現化したような堂々たる佇まいである。御祭神は大物主神《おおものぬしのかみ》と崇徳《すとく》天皇。海だけではなく、農業も産業も医薬も守護してくださる神様なのだそうだ。

早速、皆で参拝。旭社で引き返した森の石松を超えた瞬間である。周囲には、神楽殿や三穂津姫《みほつひめ》社、絵馬殿などの建物も並んでおり、展望台からは遠く瀬戸内海が見渡せる。「海の神様なのに何でわざわざ山の上に！」と悪態をついたが、なるほどここから海と船を守ってくださっているのだと、素直に納得できる景色だ。

そういえば絵馬殿にも、航海の無事を祈る絵馬や船の写真がたくさん奉納されていた。中には宇宙飛行士の秋山《あきやま》さんの写真もあり、あれも宇

宙の航海かと妙に興奮して、「秋山さんだよ！」と元祖K嬢に教えたが、どうにも反応が鈍い。聞けば、秋山さんのことを知らないのだそうだ。彼が宇宙へ行った頃、元祖K嬢はまだ二歳とかそこらだったらしい。時の流れの速さにくらくらする。この分じゃ明後日くらいに私も老衰で死ぬんじゃないかと思う。

　せっかくなので、我々も絵馬を奉納。私の分は「お伊勢さんの御札を失くしたお詫びに」と元祖K嬢が買ってくれた。秋山さんも知らない子が気を使って……と感激しつつ、伊勢神宮の時と同じ「家内安全」と記した。昔はそんな漠然とした願い事などつまらんと思っていたが、歳とともに「なんかもう丸く収まればそれでいいか」という気になってくるのだ。ちなみに、おみくじも引いて中吉である。いかにも中吉っぽい「結んだ瞬間に忘れそう」というようなことが書いてあったが、案の定これを書いている今、何一つ思い出せない。「いいこともあるし悪いこともあるけどまあ頑張ろう」みたいな、「そうですよね」としか答えようのない文言だったと思う。こうして人生の輪郭がぼやけていった後、明後日くらいに老衰で死ぬのかもしれない。

　境内を散策中、奥社に続く細い道を上っていく人の姿がちらほら日に

ついた。ここからさらに六〇〇段以上の階段に挑む人たちである。途中で力尽き、同行者と、

「あの世で会おうね」

「嫌だよ！」

と罵り合いになりませんように、と心の中でそっと手を合わせて、我々は下山。


数時間ぶりの下界は眩しく賑やかでかつ厳しい。土産物屋でお菓子を試食した元祖K嬢は「食べたら買っていってや」とお店の人に詰め寄られ、その元祖K嬢は私に「お昼ご飯は自分で作ってもらいます」と詰め寄る。何の話かと思えば、うどんの手打ち体験に参加するのだそうだ。私としては疲れていることでもあるし、プロの作ったうどんをビールでも飲みながらのんびり食べるといいと思ったのだが、どうやらダメらしい。

とぼとぼと教室であるうどん屋さんへ。三十人ほどの「生徒」と一緒に指定された席に着くと、既に捏ねられ丸められたうどんの生地が人数分置かれていた。

「麺棒で押すように伸ばしてください」

　講師の指示に従い、麺棒を押し当てる。生地は見た目で想像するより硬く、体重をかけて押すのがコツだ。何度か生地の向きを変え、厚さと形を整えたところで、今度は麺棒に巻物のように巻きつけてくるくると伸《の》す。その後、平たくなった生地を折り返すように畳み、専用の包丁で端から切っていくのだ。

「テレビとかでよく見るやつだ！」

　頭の悪そうな感想である。しかもテレビで見たからといって、簡単にできるわけではない。あ、太すぎたと思って加減をすると、あ、細すぎたとなってまた加減をすると、あ、やっぱり太すぎたと、ちょうどいいところにたどり着かない。噂に聞く山手線《やまのて》で寝過ごす人みたいだ。当たりの駅が全然出ない。結局、蕎麦ときしめんが混在するような麺が完成。それをほぐしてボウルに入れると、お店の人が回収していった。

「え？　終わり？」

「違います」

　一瞬、期待したが、違うらしい。むしろ今からが本番だという。我々の前に中力粉と塩水が配られた。塩の濃度は四十四％で、これは季節に

よって変わるらしい。夏は薄く（四十二％）、冬は濃い（四十六％）。今の時期はその中間なのだそうだ。ホワイトボードを前に講師の人が言う。

「では、皆さんの前に置いた塩水をボウルに入れてくだ……」

「ガッシャーン」

どこのドリフがコップを倒したかと思えばN嬢である。完璧なタイミングであたりが水浸しだ。全盛期のカトちゃんを彷彿とさせる鮮やかな動きに、密かに心の師と呼ぶことにする。

心の師がもう一度塩水をもらって、作業再開。中力粉に塩水を二度に分けて加え、指先で素早くかき混ぜる。それを外側から内側に練り込むようにして捏ねると、当初ボロボロしていた生地が徐々にまとまっていくのだ。ある程度固まったところで、ビニール袋に投入。足で踏んでコシを出すのだという。それも、音楽に合わせて踊りながら踏めとの指示である。

「うどん作りに来てなぜダンスを……？」

と尋ねる間もなく大音響で曲が始まる。異様なノリのよさで跳び跳ねる外国人観光客に圧倒されつつ、ふと見ると心の師がとても楽しそうに踊っていた。よかったと思う。

生地作りはこれでほぼ終了である。ただし、すぐに食べられるわけではない。生地を寝かせる工程が必要だからだ。これは持ち帰り用で、今から我々が試食するのは、最初に伸ばして切ったうどんである。

早速、食堂へ移動。テーブルには既に鍋がセッティングされ、お湯がふつふつと沸いていた。そこにそれぞれ自分で打ったというか切ったうどんを投入し、釜揚げとして食べるのだ。楽しみであるが、実はこのあたりから我々は若干焦りつつあった。空港へ向かうバスの時間が迫っているのだ。うどんを運んできてくれたおじいさんにそっと声をかける。

「ちょっと急いでるので、自分たちで茹でていいですか」

「いやいや、わかってます。わかってますから、私が今、全部やりますから。ほら」

バッシャーン。

完璧なドリフのタイミングでうどんをぶちまけた。カトちゃん再びである。せいろ一枚分が吹っ飛び、しかもそれはおそらく私が切ったうどんだ。呆然とする我々におじいさんは、

「だ、大丈夫大丈夫、うどんサービスするから。ね。プロが作ったからそっちの方がずっと美味しいから」

と言い残し、慌てて厨房へ消えた。気持ちは嬉しいが、まさかの客のうどん全否定である。戻ってきたおじいさんは、問答無用で店のうどんを鍋に投入。

「ほんとこっちの方が美味しいから。ね。プロだから」

当初願ったとおりプロのうどんを食べられたのだからいいというか、そういうことじゃないというか、いずれにせよ確かにプロのうどんは美味しかったのである。

こうして、二泊とは思えない充実の讃岐旅は終わった。天気予報によると札幌はずいぶん寒いらしく、調子に乗って薄着だった私に、心の師がウルトラライトダウンを貸してくれた。ありがとう、心の師。

沖縄編

那覇

こんなに行きたくない沖縄ってある!?①

四月八日(月)

最後の「いやよ旅」の日程が決まる。ちょうど一ヶ月後の五月八日から二泊の予定である。早いもので真冬の北海道で犬ぞりに乗せられ、おのれの体幹がぐにゃぐにゃであることを思い知らされてから二年……だっけ？　三年？　はっきりしたことは忘れてしまったが、とにかくその「いやよ旅」がいよいよ終わりを迎えるのだ。最後の旅は沖縄。北からスタートした旅が南でゴールするという、ある種きれいな着地である。

沖縄はとてもいい。いや、行ったことはないが、北国生まれの私は、彼の地にずっと初恋にも似た淡い憧れを抱いてきた。冬でも暖かく、雪は降らず、見たことのないような青い海が広がり、雪は降らず、太陽は眩しく、とにかく雪が降らない。虫が多くてサイズも巨大そうなのが玉に瑕《きず》だが、でもなにしろ雪が降らないのだ。最高ではないか。できれば二泊といわず、そのまま半年くらい沖縄に住んでみたいなあと夢みたいなことを思う私を、元祖Ｋ嬢からのＬＩＮＥが現実に引き戻した。

「滞在の短さを補って余りある、エキサイティングかつハートフルな旅をコーディネートしますので！」

読んだ瞬間、血の気が引いた。今までの旅の記憶が蘇る。生まれて初めてのジェットコースターで死ぬかと思ったことや、三十年ぶりの自転車で死ぬかと思ったことや、こんぴらさんの長い階段で死ぬかと思ったことなどだ。そして、いずれの時も元祖K嬢は「楽しみましょー！」と朗らかに張り切っていたのである。

「一生忘れられない旅にしましょう！」

今回ものすごく張り切っている。「一生」まで出してきて、ひょっとすると今までで一番の張り切りかもしれない。返答に窮していると、畳み掛けるように、

「うみいこー！」

との妙なスタンプが送られてきた。え？　うみ？　うみって海？　あの海？　まさか泳ぐってこと？　見るだけじゃなくて？　ってことは、この歳のこの腹で水着？　自前の浮輪がついているような腹で水着を着れと？　ショックのあまり思わず「いやあああ」と訴えると、「本気出せよ!!」のスタンプが届いた。だから本気だよ！　本気で嫌なんだよ！

四月二十三日（火）

あれ以来、元祖K嬢から連絡がない。私の本気が伝わったのだと思う。まあ、彼女も鬼ではないのだ。私が水につけられると弱る年頃であることも十分承知しているであろう。今頃は海以外の何かを考えてくれているに違いない。たとえばホテルのベランダでずっとオリオンビールを飲むとかだ。と安心していたところに、久しぶりにＬＩＮＥ。

「北大路さん、泳げますっけ……？」

一瞬にして目の前が真っ暗になる。泳げるか泳げないかと言われると実は泳げるのだが、この場合は泳ぎたいか泳ぎたくないかを尋ねるのが筋であろう。そして泳ぎたいか泳ぎたくないかでいえば、断然泳ぎたくない。しかし正直にそう答えると、前半の「泳げる」部分しか元祖K嬢の頭に残らない可能性がある。考えた末、「さあ」とだけ返事を送った。「一ミリも泳げない」と嘘をつけないところが私の人柄のよさである。一応「泳がないよ」と念も押す。

四月二十五日（木）

元祖K嬢からＬＩＮＥ。

「北大路さん、水着とビーチサンダルお持ちでしょうか……？」

元祖Ｋ嬢、全然ひとの話を聞いていない疑惑。というか、捨てたはずの人形が、家に向かって少しずつ近づいてくるような恐ろしさがある。

「わたし海、いま沖縄にいるの」

「わたし海、いま泳げるか泳げないか確かめているの」

「わたし海、いま水着とビーサンの確認段階にいるの」

このままではすぐに「わたし海、いまあなたの足下を濡らしてるの」となるに違いない。同行予定であるＮ嬢に「会社をクビになる覚悟で阻止して！」と頼んだが、やんわり断られた。クビは嫌なのか。そりゃそうか。その代わりといってはなんだが、「元祖Ｋ嬢は泳げないそうです」との情報を得た。泳げないのに海で何をしようというのだ。

四月二十七日（土）

シュノーケリングをするらしい。「必要な物はすべてこちらで用意しますので、北大路さんは手ぶらで来てください」と言われる。必要な物とは、水着とか水着の上に着る「濡れてもいい服」とかタオルとかビーチサンダルとかだそうだ。その水着はＮ嬢のもので、セパレートタイプ

なのだそうだ。写真も送られてきた。いかにも真ん中から腹の肉が「むりんっ」とはみ出そうなデザインだ。もうだめだ。

四月二十九日（月）

元祖K嬢から電話があり、諸々《もろもろ》の確認と未だグズっている私への最後のプレゼンが試みられる。「海といってもシュノーケリングですから、ウェットスーツ着ますから、大丈夫ですから、もし泳げなくても問題ないですから、海はすごくきれいですから、カラフルな魚が目の前で見られますから」と、元祖K嬢もなかなか必死である。海なんて一生入らなくてもいいし、魚も見なくていいと言うと、「人生最後の海が沖縄なんて素晴らしいじゃないですか」「走馬灯は鮮やかな方がいいですよ」と前向きなのか後ろ向きなのか判断のつかないことを言い出した。だいぶ追い詰められているのかもしれない。最後は、

「じゃあ、パラセーリングとシュノーケリング、どちらがいいですか？」

と無茶な二択の提示である。「じゃあ」の意味がわからない。というか、パラセーリングといえば、船に引っ張られながらパラシュートごと天高く昇りそのまま成層圏を突き抜けそうになる、高所恐怖症の人間に

とっては悪夢のようなアレではないか。なぜその二択なのか。海のシュノーケリングと対比させるなら、陸のホテルでビールとかだろう。

「どちらがいいですか？」

「………」

「パラセーリングやりましょうかー！」

「シュ……シュノーケリング？」

してやられた感が強い。

五月八日（水）

ついに出発の日を迎える。「嫌だなあ」と思いながら家を出て、「嫌だなあ」と思いながら地下鉄に乗り、「嫌だなあ」と思いながらバスに乗り換え、「嫌だなあ」と思いながら空港へ。こんなに嫌なのに、予定よりずいぶん早く着いてしまった。たまたま同じ時間帯の飛行機で東京へ出張する友達と合流。「ベンチにものすごくやさぐれた人が座っていると思ったらキミコさんでした」と言われ、ビールを一杯奢《おご》ってもらう。

「沖縄で何か一つくらいいいことがありますって」と励まされた。ありがとう。でも一つしかないのか。

那覇までは直行便で四時間弱。やはり遠い。機内は羽田行きなどとは違い、いかにも「出張」という感じの人がほとんど見当たらない。皆、どことなくリラックスした雰囲気を醸し出している。今朝の気温は八度だったが、Tシャツ姿の親子連れまでいる。既に心は沖縄に飛んでいるのだろう。その中にぽつんと座っていると、小学校のスキー学習の朝を思い出す。用具は重いし寒いしトイレは面倒だし弁当は凍るし疲れるしで、スキーなどつらいだけなのに、同級生は皆楽しそうだった。あの時と同じだ。孤独を噛み締めていると、家族旅行と思しき隣の席のおばさんが、小分けの「じゃがポックル」を一袋分けてくれた。哀しみがにじみ出ていたのかもしれない。

午後二時半、那覇空港着。機内から一歩出ただけで、北海道とは空気が違うのがわかる。端的に言って暑い。同じ飛行機に乗っていた小さな兄弟が「あたたかい！　あたたかい！　ここはあたたかい！」と興奮しているのが聞こえてきて、道民の切なさを見る思いがした。

一足先に到着していた元祖K嬢とN嬢の三人で、まずは昼食。空港内の食堂で、タコライスとゴーヤーチャンプルーを分け合い、オリオンビールで乾杯をする。オリオンビールは「ビールを水のように飲みたい」

と願う私にぴったりの味である。出てきた料理もとても美味しい。もりもり食べつつ、

「最近、すぐ胃もたれするんですよね」

「人間ドック受けた方がいいですよ」

と、やっていることと言っていることがまったく違うが、南国リゾート気分がようやく盛り上がってきた。やっぱり沖縄いいわあと思ったところで、元祖K嬢の「今日はこの後、占いに行きます」の言葉で再び現実に引き戻された。

「三人で手相を見てもらいましょう」

「何のために……」

お伊勢さんの時も言ったが、占いにはほとんど興味がない。信じるとか信じないとか以前に、今さら「二十代でアマゾンの奥地に一人旅に出るとよかったです。そこで行き倒れますが、探検中のアラブの石油王に助けられ、やがて結婚。毎月お小遣いを二億円もらっていたでしょう。残念でしたねえ」と言われてもどうしようもないからだ。今後のことを尋ねるといっても、

「年金もらえますかね？」

「国に訊いて」

とかだろう。虚しいだけだ。

それでもキャンセルするわけにはいかず、まずはタクシーで第一牧志《まきし》公設市場へ。運転手さんに市場近くの占い屋さんに行くのだと告げると、「占いに頼りすぎたらダメだよー。今度はあっちの神様、次はこっちの神様ってキリがなくなるよー」と優しく諭されてしまった。人生に行き詰まった三人組に見えたのかもしれない。

　予約時間まで、ぶらぶらと市場周りを歩く。市場を囲むように入り組んだアーケード街が広がっており、とても賑わっている。我が札幌も外国人観光客が多いが、那覇もすごい。大きな客船が着いた後ということもあるのか、すれ違う人のほとんどが中国語を話している。その声に囲まれながら市場を覗くと、そこには観賞用としか思えない色とりどりの魚や巨大な貝が食用として売られており、一瞬自分がどこにいるのかすらわからなくなった。完全なる異国情緒。たまに聞こえる日本語は、

「人間ドック予約したいんですけど。え？　早くても十二月ですか？」

と言うお店の人の電話で、これは本当に人の声だろうか、私も人間ドックを受けろという神の声ではないだろうかと、混乱に拍車がかかるのだ

った。ちなみに牧志公設市場は建替のためもうすぐ移転が決まっているそうで、この異国の雰囲気がどう変わるのか、よそ者ながら楽しみなような心配なような妙な気持ちである。

途中でアーケード街にある「市場の古本屋ウララ」へ寄った。小説すばるでコラムを連載してらっしゃる宇田智子さんのお店だそうだ。小さくかわいらしいが充実した本棚を眺めつつ、編集者二人が声を掛けるのをそっと棚陰から見つめる私。見知らぬおばちゃんが突然現れても驚くだろうと他人のふりをしていたのだ。が、そのまま帰るわけにもいかず、最後にご挨拶をすると、

「北大路さんですか！　本読みました！」

と言ってくださった。なんと。遠い沖縄の地で、まさかこんな言葉が聞けるとは。しみじみ嬉しさを噛み締める胸に、ふと新千歳空港で友人の言った言葉が蘇った。

「沖縄で何か一つくらいいいことがありますって」

ひょっとしてこれがその「いいこと」だろうか。「一つ」の枠をもう使い切ってしまったのだろうか。

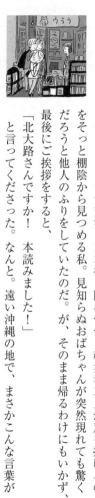

こんなに行きたくない沖縄ってある!?②

五月八日（水）

五時半の予約に間に合うように、占いへ向かう。元祖K嬢によると、占い師さんはとても親切らしい。東京から予約電話を入れた時、「あー、その日は休みなんだよー、でもいいよー、見てあげるよー」と明るく言われたそうだ。いい人だ。私は性格が後ろ向きなので、占いには優しさしか求めていない。「ズバリ言うわよ！」（ご存じでしょうか）的に人生にダメ出しされたり、唐突に「天竺《てんじく》へ取経の旅に出なさい」などと指示されたりすると、すぐにしなしなになって生きる気力が奪われるタイプなのだ。できれば「あなたは人柄がいいので、いつか原稿を書かなくても人柄でお金がもらえますよ」くらいのことを言ってもらって、にこにこ気分よく帰りたいのである。電話の様子からすると、今日はその可能性が十分ある。それどころか私の心を読んで、「明日のシュノーケリングは中止にした方がいいですね。もし決行した場合は地球が大爆発するでしょう」などと進言してくれるかもしれない。そう考えると少し元気

が出た。

予定より少し早めに到着。アーケード街の一角にある小さな店が目的の場所だ。建物の造りとしてはカウンターだけの立ち飲み屋風だが、表には手相図がいくつも掲げられていて、神秘的な雰囲気が醸し出されている。恐る恐る近づくと、入口の戸は開いているものの、暖簾が下がっていて中は見えない。話し声が聞こえるところをみると、先客がいるのだろう。暖簾の下からお客さんらしき女性の足下も覗いている。その足の位置が思いのほか近く、わりと「外に近い中」で占いが行われていることがわかる。

そういえば、二十代の頃、友人の付き合いで行った占い店も「外」っぽかった。外というか正確にはファッションビルのフロアの一角をパーテーションか何かでそれらしく区切った部屋で、学校帰りの高校生がわいわい言いながら後ろを行き来していた。あの時は勢いで自分も占ってもらったのはいいが、とりたてて訊きたいこともなく、定番ネタとして結婚と仕事について尋ねるも、

「結婚はどうですか」

「できませんね」

「じゃあ仕事は？」

「今の仕事でいいと思います」

と言われて終了。さすがにあんまりだと思ったのか、「せっかくだから他になにかありませんか？」と占い師さんの方が気を使ってくれ、「えーと……ここでの商売は儲《もう》かりますか？」「場所代が高いのでそうでもないです」という会話を交わした。なるほど、札幌のファッションビルのテナント料はお高いらしい。勉強になる。

などと昔のことを思い出しているうちに時間となり、中へ。窓のない部屋ではカウンターの向こうにおじさんが一人、笑顔で出迎えてくれた。この方が休日返上の親切な占い師さんだ。挨拶の後、三人で肩を並べるように座る。思いの外というか思ったとおりというか、室内は四人の大人が座ると満員である。距離の近さに若干腰が引けながら、まずは私が見てもらうことに。両手をハイタッチのような形に立てて、占い師さんの目の前にかざす。すると、いきなり意外なことを言われた。

「あなたお金たくさん持ってるでしょー」

「え？」

「え？」

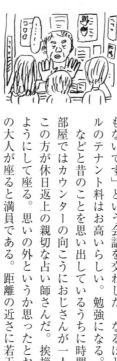

「え？」

いや、元祖K嬢とN嬢が実際に声を出したかは覚えていないが、驚いたような好奇心を隠しきれないような目でこちらを見ていたのはたしかだ。二人にじっと見つめられる私。たとえお金をたくさん持っていたとしても、この状況で「ええ、持ってます」と答えられる人はなかなかいないのではないかと思いつつ、正直に申告する。

「持ってません……」

「あらー、じゃあご両親が資産家だねー」

断言されたが、去年、父が亡くなって詳《つまび》らかになったところによると、我が家に資産と呼べるものは存在していない。「ないと思えばないが、あると思えばある。どこにあるかというとあなたの心の中だ」と幽霊か妖精のような感じで資産が存在していないかなと期待したが、それもなかった。残念である。そう告げると、なんと占い師さんはさらに予想外のことを口にした。

「ということはあなた、大金持ちと結婚するねー」

さあ、皆さんご一緒に。

大金持ちと！　結婚！　するねー！

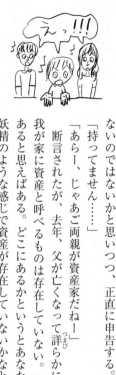

「ほんとですかっ!?」

沖縄に来て一番の大きな声が出た。無理もない。アラブの石油王の第二十夫人を夢見て幾年、ついにその日が訪れるかもしれないのだ。前のめりで詳細を尋ねると、結婚するのは二年後で、その頃に私の家の神棚（つまり先祖）ごと面倒を見たいという大金持ちが現れるのだそうだ。彼には既に成人した子供が二人いる。私はその大金持ちと結婚し、彼らの母親となる。もし若い時に結婚していたら二人の子供を産んでいたはずなので、そういう運命だったと思っていいのだという。ちなみに「あなた長生きするよー、九十二歳まで生きるさー」だそうで、以上の話を総合すると、「大金持ちの老人と結婚するも、二人の成人した子供にお金目当てと疑われ、なんなら弁護士を立てられて『財産分与の要求や遺産相続はしない』という誓約書を書かされ、やがて夫は死亡。一人残された私は長きに亘る貧乏暮らしの末、九十二歳で孤独死」という未来が見える占断《せんだん》であった。後ろ向きなのが私の悪い癖である。ただ、九十二歳まで生きるということは、急いで人間ドックを受ける必要がないとの天啓かもしれないので、それはよかった（よかった？）と思う。

続いて、守護霊や守護神に関しての説明を受けるが、そちらはあまり

頭に入らない。大金持ちとの結婚話に心を奪われているのだ。もう終わりという段になって我に返り、慌てて質問してみる。

「今の家を売って引っ越した方がいいかどうか迷ってるんですけど」

「あ、それは固定資産税のこともあるからねー、そういう兼ね合いも考えて決めるといいさー」

　ものすごく常識的なことを言われてしまった。今の今まで「天照大御神」とか「月のパワー」とかスピリチュアル全開の会話であったのに、突然の固定資産税発言。スピリチュアルも泣く子と税務署には勝てないということだろうか。

　一気に現実に戻ったところで、N嬢と交代する。N嬢は、手のひらを開いて見せた瞬間、

「あらー、頑固だねー!」

　とばっさり斬られていた。一瞬言葉に詰まるも、「はい、頑固です」とすぐに立ち直ったのが立派であった。

　だが、手相自体は決して悪くなく、しかも私とわりと共通点があるらしい。長寿で、身内の女性が守護霊となっており、月のパワーを得やすく、そして金運があるそうだ。「あなたたち、宝くじを買うといいさ

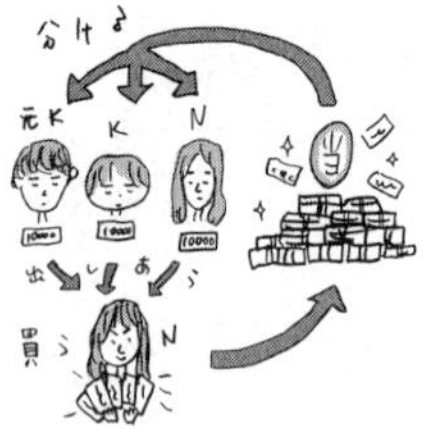

ー」と猛烈に勧められる。三人でお金を出し合い、N嬢が購入役になるのがいいと言う。スピリチュアル的購入期限は、旧暦の八月十一日。その日までにN嬢と私は月光浴で運気を上げておくよう命じられる。そして、もしサマージャンボ宝くじ七億円が当たったら、三人で二億円ずつ山分けし、残りの一億を自分に渡すようにとのことであった。

それにしても景気のいい話である。話を聞いているうちに、どんどん自分が運のいい人間のような気がしてきた。そう、私が占いに求めていたのは、まさにこれである。N嬢の鑑定が終わる頃には、サマージャンボ宝くじの七億円は当たったも同然、二年後の大金持ちとの結婚についても、まだ見ぬ彼の子供たちが一気に賛成に傾く確信が持てた。やはり占いに必要なのは、優しさである。

次の元祖K嬢も、やはり「センスがあるねー」と褒められて始まった。本人もどこか嬉しげだ。

「何のセンスですか？」

尋ねると、

「何の？　男かなあ。いや、男は違うねー。見る目がないねー。浮気、浮気、浮気だねー。短命だねー。結婚線ないねー」

どうしたことだろう、後半、なぜか寿命まで挟んで急激に雲行きが怪しくなってきた。

「短命っていくつですか？」

「四十二歳」

「え！」

「え！」

「え！」

案外シャレにならない年齢である。一同驚いていると、「ああ、でも粘れば八十歳くらいまでは大丈夫よー」とあっさり寿命が延びた。どういうシステムかはわからないが、そこはぜひとも粘ってほしいところである。必要なら九十二歳まで生きる私の寿命を分けてもいい。

また、「見る目がない」と言われた男性運についても、詳しいアドバイスが得られた。曰く、「憧れとする夫婦が開くホームパーティに参加して、タクシーで帰る男性を狙うこと。そのまま二次会三次会に行く男はダメ。タクシーで帰宅する男を見つけて、一緒に乗りなさい。自分から動かなきゃダメ」とのことである。東京ではどれくらいの頻度で、「憧れとする夫婦が開くホームパーティ」が開催されているか不明であ

るが、岩手の旅では初めての電動アシスト自転車で死にそうになりながら、元祖K嬢のために縁結びの神社までお参りに行った私としては、週に一度くらいの間隔で積極的に開いてほしいところである。よろしくお願いします。

　三十分ほど経ったところで、それぞれ手書きの御守札をいただいて占い終了。店を出てから、明日のシュノーケリングについて尋ねるのを忘れていたことに気づくが、まあサマージャンボで七億円を当てる人間が目先のことを気にしても仕方がないかと妙に気持ちが大きくなっている。わかりやすい占いの効用である。

　モノレールで移動し、沖縄料理の店で夕食をとる。以前から薄々気づいていたが、ひょっとすると私は沖縄料理が好きかもしれない。隙あらば「濃厚」「こってり」「本格」乳製品を紛れ込ませる北海道より、むしろ相性としてはいい気がする。私は乳製品が苦手なのだ。オリオンビールも「水のようにすいすい飲める」ビールを愛する私にぴったりだ。やはり半年くらい沖縄で暮らしてみたい。問題は「虫が大きい」ことだろう。乳製品も苦手だが、虫はもっと苦手なのだ。解決策を探っていきたい。

それにしても、あっという間に初日が終わってしまった。ホテルへ戻ってからも、明日のために早寝をした方がいいと思いつつ、寝ると明日になってしまうのでベッドに入る踏ん切りがつかない。時間とともに再び目先のシュノーケリングが気になってきたのだ。だらだらとビールを飲みながら、このまま逃げたらどうなるだろうと考える。そういえば今日の占いで、仕事について尋ねた時、

「仕事ってあなた、もう辞めるって決めてるでしょー」

と言われたのだった。辞めると決めているとは全然知らなかったが、それは今夜逃げ出せという神のお告げだったのかもしれない。どうせ七億円当たるのだ。ここは一つ逃げてみるか。しかし宝くじを買うのはN嬢。一人で逃げても意味がないのではないか。ううむ、一体どうしたら……と悶々としたまま更けゆく沖縄の夜である。

こんなに行きたくない沖縄ってある⁉③

五月九日(木)

六時半、起床。起床なんてしたくないのに、目が覚めてしまう。いつもならここで朝風呂をキメるところだが、これからやらねばならないことを考えると、とてもじゃないがそんな元気は出ない。どうせ海で身体が濡れるんだから今風呂で濡らしてもな、と風呂の本来の目的もわからなくなっている。唯一の希望は天気だ。昨日、タクシーの運転手さんが「もういつ梅雨に入ってもおかしくないよー」と言っていた。ひょっとすると夜のうちに梅雨入りし、勢い余って大雨になっているかもしれないと、一縷《いちる》の望みをかけてカーテンの隙間から外を見る。

「わあ!　なんて見事な曇天!」

雨は降っておらず、かといって私の憂鬱を吹き飛ばす沖縄の青い空が広がっているわけでもなく、ただひたすら陰鬱な重い雲が垂れ込めている。人のテンションを下げるためだけに設定されたような、絶妙な灰色の景色である。こんな日に前向きな気持ちでシュノーケリングに挑める人などいるだろうか。

「おはようございます！　曇りですか！　暑くもなく雨でもなく、ちょうどいい感じですね！」

いた。元祖K嬢だ。浮かない顔の私に、「楽しいなーって言ってください。声に出すと気持ちが高まって、本当に楽しくなりますから！」と得意の怪しげな自己啓発セミナー系発言をする。

「いやですよ」

断ると、

「何でですか！　ほら、楽しいなー！　楽しいなー！　楽しくなってきた！」

と、どんどん高みに昇っていった。その調子で一人でシュノーケリングに行く手もあるのではと思うが、そういう問題ではないらしい。

仕方なく着替えに取り掛かる。

「これです。どうぞ」

N嬢が手渡してくれた水着はセパレートタイプで、上下から締め付けられて行き場のなくなったお腹の肉が、「ああ、いい場所があった」とばかりに真ん中の空白地帯から飛び出す仕掛けになっている。そんな仕

掛けを一体誰が喜ぶというのか。お腹の肉と肉の間に画板を挟んで写生会でも開催しろというのか。というか、この水着、思ったより小さくね？

以前、送られてきた画像を見た時も不安になったのだが、N嬢が「ガバガバしたスポーツタイプだから大丈夫です！」と言うので信用したのだ。しかし、実物を目にしてみるとガバガバの要素は一切なく、むしろパツパツの気配に満ちている。写生会の開催が俄然、現実味を帯びてきた。恐る恐る洗面所で着用を試みると、案の定パツパツである。しかもパツパツが嵩《こう》じるあまり、首と片腕を通そうとしたところで一ミリも進まなくなってしまった。脱ごうにも着ようにもどうにもならない。伸縮性のない生地に締め付けられ、写生会どころか、インド舞踊の名手みたいな格好で固まってしまった。

「ひょっとして水着と間違えて鎖帷子《かたびら》を持ってきたんじゃないだろうか」

N嬢を呼んで確かめたかったが、なにしろ着替えの最中である。さまざまな部位を丸出しにしたインド舞踊の踊り手に呼ばれても、N嬢も困惑するであろう。

「ここでこのまま死ぬのかなあ」

ピクリとも動かない身体に一瞬弱気になったが、昨日の占いによると私の寿命は九十二歳である。

「九十二歳までここで生きるのかなあ」

そうなると、ホテル代が払い切れないのである。やはり自力でなんとかしなくてはと、インドの神様に祈りを捧げつつ、

「くわっ！」

気合を入れて着用を成し遂げた。既に汗だくである。それにしてもN嬢は、なぜ全然体型の違うぷくぷくした私と自分が同じサイズだと思ったのか。もう少し人を見抜く力を養ってもらいたいところだ。

八時二十分、一日の仕事をすべて終えたような疲労感に包まれながら、港へ向かう。港には同じツアーの参加者が集合しており、そのほとんどが若い人たちのグループだ。はしゃいだ雰囲気が伝わってくる中、疲労困憊《こんぱい》したおばちゃんである私と、日焼け対策のつば広帽子とサングラスでマダム感溢れるN嬢と、スタッフから「シュノーケリング中の写真撮影やネットへの掲載可否」を聞かれて「全部ＮＧ」と答える謎の女風味の元祖K嬢の三人組が、明らかに浮いている。これがサスペンスドラマ

なら、船が沖に出たところで、三人のうちの誰かが殺されるに違いない。なにより私とN嬢に笑顔がない。N嬢は元祖K嬢に、「楽しーなー、って言ってくださいよ」と言われ、

「……たのしーなー」

と死んだ目をして答えていた。

船に乗り込む時、海中に小さな魚の姿が見え、「もう魚を見たから目的を達したのでは」という気になる。親戚の家に初めて一人で泊まりに行った五歳の夏、昼寝から目覚めて「ちゃんと一つ寝たから帰る」と号泣した日から思考回路がまったく変わっていない。

出航後も天気は相変わらずで、海も空も暗い灰色に覆われたままだ。噂のエメラルドグリーンの海は見当たらず、どう贔屓目に見ても波の穏やかな日本海である。どれくらい日本海かというと、船のエンジン音を聞きながらデッキに座っていると、頭の中で鳥羽一郎の『兄弟船』がエンドレスで流れてくるほどであるが、そうは言っても鳥羽一郎は鳥羽の出身なので、本当は日本海は関係ないのである。もう自分がどこにいるのかわからない。

船では十名ほどの参加者全員に、まずはウェットスーツが配られた。

私に渡されたLサイズのスーツを見た元祖K嬢が「北大路さん小さいからこっちですよ。私のと間違えたんですよ」と自分のMサイズのスーツと交換したが、スタッフに「いやいや、いいんです。合ってます」と訂正されていた。肉付きの全然違うぷくぷくした私がなぜ自分より細いサイズだと思ったのか、N嬢といい元祖K嬢といい、集英社の皆様方におかれましては、まったくもって人を見抜く力を養ってほしいところである。

三十分後、慶良間《けらま》諸島の沖合に到着する。ここが今日のシュノーケリングポイントだそうだ。近くには他の船も何隻か停泊しており、パラセーリングに興じる人の姿も確認できた。目測では、やはり成層圏あたりまで上がっている。なんという恐ろしい遊びであろう。「やる」と言わなくて本当によかったと、改めておのれの判断力を讃《たた》えた。

準備が整ったところで、我々もシュノーケルと足ひれを着けて海へ。沖縄とはいえ、五月の海はさすがに冷たい。一瞬ひるんだが、冷静になると私たち道民が経験している真夏の海水浴よりは遥かに温かい。寒いのかそうでもないのかわからないまま、スタッフのお姉さんの後について泳ぐ。

「ほら、魚がたくさん」
お姉さんの声に促されて海中を覗くと、珊瑚礁《さんごしょう》の中を色とりどりの魚が泳いでいる。今まで一度も目にしたことのない景色だ。
「今日は遠くまで見渡せますね」
お姉さんの言うとおり、水の透明度が高く、海底までもがくっきりと見通せる。まるで巨大な水族館の水槽の中に入り込んだような感覚であるが、水族館が海を真似ているのだから当たり前である。魚の群れがやってきては離れていく。華やかでかわいらしく、浦島太郎もさぞかし楽しかったであろうと、生まれて初めて浦島太郎に共感した。しかも、我々は魚を眺めるだけだが、彼はご馳走《ちそう》を食べて鯛や平目の舞い踊りを見て、大接待を受けるのである。そりゃ帰りたくもなくなるだろう。ちなみに、餌の麩《ふ》をちぎってやると、ものすごい勢いで魚が寄ってくる。前回の「いやよ旅」で行った高松城のお濠の鯛を彷彿とさせる光景だが、鯛より小さくて色がきれいなので、さほどの獰猛《どうもう》さは感じない。と思った瞬間、その小さくてきれいな魚がジャンプして手に持った麩を奪い取っていった。アマゾン川にいるという殺人魚を思わせるスピードとテクニックだ。人も魚も見た目に騙されてはいけないということだろう。

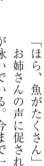

「どうですかー？」

スタッフのお姉さんが皆に声をかける。どうですかと言われても、言葉にすれば、

「冷たいようなそうでもないような」

「魚がいる」

「浦島太郎もさもありなん」

という漠然とした感想になってしまう。実際、水の中を漂いながら魚の世界を垣間見《かいまみ》るのは気持ちがいいが、珊瑚礁が途切れると突然死の世界みたいな殺伐とした光景が広がったりもして、海も一筋縄ではいかないのだ。しかも、もともと高所恐怖症の私にとって、あまりに透明な水中は、空中に浮いていると脳が錯覚を起こすのか、うっすらとした恐怖が常にある。海底に広がる殺伐とした世界は、その恐怖を倍増させることがわかったので、二度と近寄らないことにした。

結局、休憩を挟んで二度シュノーケリングを楽しんだ。うっかり楽しんだと書いてしまったが、確かに気持ちがのびやかになる遊びである。元祖K嬢にそう告げると、とても苦しそうな顔で喜んでくれた。海水を飲んでしまったのだそうだ。いつのまにか港で別れたパラセーリングチ

ームも合流し、船周りは一気に賑やかさを増している。同時に船酔いの人も出始めた。船酔い組はぐったりと横になったままほとんど動かず、顔色も悪い。嫌だ嫌だと言いながらも、こんなにピンピンしている自分の図太さを申し訳なく思いつつ、泳いでいる魚を撫でるなどしてさらに遊ぶ。魚は想像していたよりかなり硬い。なるほどいつもは死んだ魚ばかり触っているのだと改めて気づいた。昨日、市場で見かけた種類のものもいて、「これが煮たり焼いたりするとふわふわになる悲劇」についても考えざるを得ない。ずっと硬いままなら食用にもならないのだ。

二度目のシュノーケリング中、先に船に戻るというN嬢の顔を見ると、船酔い組と同じような紫色である。身体がすっかり冷えてしまったらしい。しかも戻った船の上で、なぜか突然私と元祖K嬢の干支《えと》や誕生日を思い出したらしい。高松で自転車に乗った時の私と同じ現象である。走馬灯だ。危なかった。何事もなくて本当によかった。

かくいう私も二度目に船に上がる時、身体が異常に重く感じられ、スタッフの男性に手を貸してもらった。私ですらこうなのだから、人魚姫が陸に上がった時はいかほどであっただろうと、浦島太郎に続いて生まれて初めて人魚姫に共感した。足の痛みにばかり同情が集まりがちだが、

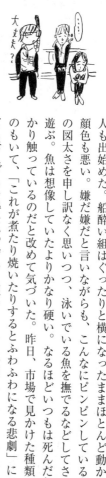

あれは身体もさぞかし重かったことであろう。やってみなければわからないことが、世の中にはやはりたくさんあるのだ。

兄弟船（じゃないけど）で港へ戻ってからも船酔い組は相変わらず紫の顔のままで、旅の思い出がすべて船酔いで塗りつぶされてしまうのではと心配になった。同じ顔色だったN嬢と、「海水を結構飲みました」と言っていた元祖K嬢は、ホテルに帰って温泉に浸かっているうちに完全復活である。

N嬢に感想を尋ねると、

「もう一度やるかというとやらないですけど、でも一人では絶対に見ることのない景色を見ることができました」

と言っていた。企画を立てた元祖K嬢が聞いたらさぞかし喜ぶであろうと思ったら、「北大路さんが楽しかったと言ってたから、私はいいかなと思って」元祖K嬢には伝えていないそうだ。よくわからない理屈だが、せっかくなので私が代わりに書いておく。というか結局、私が一番元気に楽しんでいる雰囲気がにじみ出ていて、どうにも釈然としないのだった。

こんなに行きたくない沖縄ってある!?④

五月九日（木）

懸案のシュノーケリングを無事に終えてつくづく思うことは、乾いた服は素晴らしいということである。いくらウェットスーツを着ているとはいえ、所詮は海の中。シュノーケリング中は常に身体が濡れ、かつじんわりと冷えている。船に上がってスーツを脱いだ後も、中の水着は湿ったままで、そこはかとない不快感と疲労感に包まれつつホテルに戻ったのだ。

私でこれなら浦島太郎はよほどであったろう。海の中では魚の群れに興奮して彼の気持ちに共感してしまったが、真に共感すべきは濡れた衣服についてであったと、認識を新たにする。釣り竿と魚籠《びく》は龍宮城のクロークに預けるとして、ウェットスーツを貸してもらえるわけもなく、地上と同じ格好で宴席を過ごすのだ。着物はベッタリと貼り付き、腰蓑《こしみの》は鬱陶しく漂い、履物はすぐに脱げただろう。よく呑気に酒なんか飲んでいられたなと思うが、私も海から出て初めて疲れていることに気づい

たので、乙姫様にぽわーっとなった浦島太郎は自らの体力の消耗を感知できなかったのかもしれない。そう考えると、陸に上がった後、冷えと疲労で一気に老けるのも無理はないのである。

　人生で一番浦島太郎について考えつつ、水着を洗って干す。N嬢から借りた水着は私の肉体の力によって生地が伸びたかもしれないが、その場合はN嬢が太れば何の問題もない。人生の知恵である。

　午後二時、タクシーでホテルを出る。これから昼食に沖縄そばを食べた後、「おきなわワールド」へ向かうのだそうだ。実に沖縄っぽい行程である。私は沖縄そばを食べるのは初めてで、それがどんなものなのか今ひとつよくわかっていない。普通の日本蕎麦とは違うのだろうかと思っていると、元祖K嬢が「沖縄そばは蕎麦とは違うんですよね」と私の気持ちを代弁するかのようにタクシーの運転手さんに尋ねてくれた。

「そうそうー。蕎麦とは違うし、麺に小麦粉も使ってないんだよー」

　と運転手さん。

「え！　じゃあ何を使ってるんですか？」

「うーん、何だろうねー。そこまではあれだけど、片栗粉かなー？　中華麺と同じだからねー」

さすが南国の食べ物である。名前は同じでも私には想像もできないもので作られているのだ……と感心しつつも、何か胸にもやもやと残るものがある。そのもやもやに従って、後でスマホで検索すると、案の定、沖縄麺にも中華麺にも思い切り小麦粉が入っているではないか。それどころか、むしろ小麦粉百%である。これは運転手さんにも伝えるべき事実ではないかと思ったが、時既に遅し。私になす術はないので、もし那覇で「沖縄そばは小麦粉無使用」と言う運転手さんのタクシーに乗った方は、それとなく訂正をしておいてくださると沖縄のためにもいいかと存じます。

その小麦粉百%の麺は、あっさりとしただしによく合っていて、とても美味しい。やはり私は沖縄に向いているのかもしれないと調子に乗って、別盛りの生のヨモギの葉を一枚食べてみるも、これは子供舌にはエグ味が強すぎた。ぱくぱくと食べるN嬢が眩しい。舌に残るエグ味一掃のためにビールを飲みたくなったが、ここでは我慢しなければならない。なぜならこの後、おきなわワールドでセグウェイに乗らなければならないからだ。

セグウェイ。昔、当時のブッシュ米大統領が小泉首相に贈った「未来の乗り物」である。という知識しかないくらい、馴染みのない乗り物でもある。思い浮かぶのは、大きな二つの車輪に挟まれて、佇んでいるのか移動しているのかよくわからない風情で官邸に出勤する小泉首相の姿だ。未来といえばもっとこうシュッとしてヒュッとしてビッとした感じを想像していたのに、意外とボーッとしているのだなと感じた記憶がある。しかし、ボーッとした中にも危うさがあって、隙を見せると振り落とされそうな気配もする。つまるところ、よくわからない。そのようなわからない乗り物に乗らねばならぬとは、総理大臣も因果な商売であるなあと小泉さんに同情していたのだが、そのセグウェイに私も乗るのだそうだ。因果な商売である。

午後三時、予定より少し早めに、おきなわワールドに到着。北海道があらゆるところに羆を配するように、沖縄ではあらゆるところにシーサーがいる。ここでも花に囲まれた大きなシーサーが「めんそーれ」と出迎えてくれた。南国の花は色鮮やかで見ているだけで明るい気分になるが、いかんせん相変わらず雲行きが怪しい。今朝まではとっととと梅雨入りして土砂降りになってシュノーケリングが中止になればいいと思って

いたのに、今は雨は避けたい。セグウェイが楽しみというわけでは全然なく、服が濡れるのが嫌なのだ。せっかくの乾いた服をもっと味わいたいと祈るような気持ちである。そんな私の前をセグウェイ体験の一団と思しき集団が、十人ほど走り去って行った。佇んでいるのか移動しているのかわからない風情の人が、集団で移ろう姿はなんだか妙なものだと改めて思う。だが、私もまもなくそういう人になるのだ。

そういう人になるには、まず受付である。それが済むと、ガイドのお兄さんに言われるままヘルメットを装着する。脇には既に我々のセグウェイが充電も万全でスタンバイしており、その様子が思いがけず健気でかわいらしい。ひょっこりとした立ち姿は、なんとなく「わしの馬」という感じがする。

「振り落とすのだけはやめてくれよ」

と心の中で声をかけつつ、はじめに基本的な操作を教わった。プレートに垂直に立っている時はセグウェイは動かず、ハンドルごと身体を前に倒すと前進する。止まる時は踵のあたりに体重をかける。方向転換はハンドルを切るのではなく、曲がりたい方向へ倒すのだそうだ。

「それだけですか？」

「それだけです」

実際、お兄さんの言うとおりに運転してみると、あっけないほどすいすいと動いた。いい馬だ。8の字走行の練習では、最初のうちこそ自転車のようにハンドルを切ってしまいそうになったが、それもすぐに慣れた。というか、移動中に体勢を変えなくていいので、自転車よりずっと乗りやすい。あれは止まる時にいちいち足をつかねばならず、電動アシスト自転車ではそのたびに転びそうになったのだ。

練習を終えたところで、いよいよ体験ツアーに出発である。我々のツアーは「ガンガラーの谷」を巡るコースだ。お兄さんの指示により、お兄さん、私、N嬢、元祖K嬢という走行順のスタートである。唯一のセグウェイ経験者である元祖K嬢をしんがりにしたことから、「鈍くさそうなやつは前」方式であろうことが理解できる。

「では、行きまーす」

まずは園内をぐるりと回る。時速十キロくらいだろうか、起伏のある道は動きが楽しく、流れていく木々の緑が心地いい。風もとても爽やかだ。人とすれ違う時には、「ああ、今の私は佇んでいるのか移動しているのかよくわからない人に見えているだろう」という謎の充実感も湧い

てきた。まさか自分が、佇んでいるのか移動しているのかよくわからない人になる日が来るとは、想像もしていなかった。

いい気分のまま、セグウェイはガンガラーの谷へ。とたんに景色が変わる。ガンガラーの谷は数十万年前まで鍾乳洞《しょうにゅうどう》だった場所だそうで、今では深い亜熱帯の森となっているのだ。広がるのは映画『ジュラシック・パーク』を思わせる緑の世界である。世界最大の竹であるジャイアントバンブーや、巨大なガジュマルの木などが聳え、私の知っている「エゾマツ！　カラマツ！　アカマツ！　エゾアカマツ！　トドマツ！はい！　たまにシラカバ！」みたいな森とは全然違う。いつ恐竜が出てきてもおかしくないような雰囲気なのだ。

その中をセグウェイで走る。端的に言って楽しい。動き自体も楽しいし、なにより坂道が苦にならず、扱いも楽なのだ。そりゃ金持ちが自宅の敷地内をぶいぶい言わせて走るわ、とつくづく納得した。私もこのままセグウェイでどこまでも行きたい、なんなら素知らぬ顔で北海道まで乗って帰りたい、と思い詰めたあたりで、突然降りるように指示される。心を読まれたかと一瞬焦ったが、階段や洞窟があるためここからは徒歩で移動するのだそうだ。残念ながら未来の馬も、階段は克服できていな

いらしい。

歩くこと数分、「母神」と書かれた木札が目に入る。今は落盤のため立入禁止になっているが、奥にイナグ洞と呼ばれる鍾乳洞があるのだという。上から覗くと、暗くて深い穴がぽっかりと口を開けていた。外からは見えないが、中には女性の乳房と臀部《でんぶ》の形をした鍾乳石があり、古くから縁結びや安産の神様として信仰の対象となっているのだそうだ。

「もう！　昔の人はちょっとでも似てると、無理にそういうものに見立てるんだから！」

半信半疑の私に、ガイドのお兄さんが、その鍾乳石の写真を見せてくれた。

「こんな感じです」

「これは！　完全にお乳とお尻ですね！　どうもすみませんでした！」

大きな声で謝りたいくらいの見事な形状であった。疑って悪かったと思う。

と、このあたりでついに雨がポツポツ落ちてきた。先を急ぐと、すぐにイキガ洞と呼ばれる洞窟に到着した。イナグは「女性」、イキガは「男性」という意味であるから、入る前からどんな鍾乳石があるかはお

およそ見当がつくというものである。

　こちらの洞窟は、イナグ洞に比べてかなり広い。川が流れ込み、脇には遊歩道も整備されている。その遊歩道を、入口で渡されたランタンを手に、それぞれ足下を照らしながら進んだ。一歩進むごとに闇は深くなり、それに比例して川の音は反響を大きくする。外とは空気の密度すら違う気がした。天井からは予想どおりの「イキガ」的鍾乳石が何本も垂れ下がっており、それが若干荘厳な気分を削《そ》ぐといえば削ぐが、しかし何もかもが自然の為《な》せるわざなのだ。ただ、「イキガ」の完成度という点では、イナグ洞の乳とお尻に比べてイマイチというか、もうちょっとこう細部の造形をなんとかと思っているところに、「到着です」とお兄さんの声。見ると、ランタンの灯りで一抱えもありそうな鍾乳石を照らしている。

「これが御神体です」

「はい！　どうも！　すみませんでした！」

　どこがイマイチであるかと、さっきまでの自分を問い詰めたいほどの完成形がそこにはあった。やはり御神体は違う。実際、日本各地で見られる生殖器信仰の中でもかなり精度が高いのではないか。とさっきから

私は真顔で何を言っているのかという気もするが、しかし本当である。昔の人が森の中でこんな場所を見つけたら、そりゃ思わず信仰してしまうのもわかる。

「子宝とか安産とかのご利益があると言われているので、撫でて帰ってください」

お兄さんに言われて、元祖K嬢とN嬢と三人、複雑な面持ちで御神体を撫でた。

ふと見ると、洞窟の外は激しい雨。「いやよ旅」史上、初めての本格的な雨である。土砂降り。もう十時間早く降ってくれていれば……と思わずにいられない雨だった。

こんなに行きたくない沖縄ってある!?⑤

五月九日(木)

雨はなかなかやまない。時折、あたりが白く霞《かす》むほど雨脚が強くなる。南国の雨っぽい。やることもないので、洞窟の入口に立ち、皆でぼんやりと空を見上げる。今まで考えたこともなかったが、なるほど雨宿りをしている人というのは上を向いているものなのだなと感心していたら、思いがけずガイドのお兄さんだけは俯いている。スマホのアプリで、雨雲の位置を確認しているのだ。

「雲がほとんど動いてないですねー」

「あ、そうなんですか?」

空を眺めている人より、下を向いている人の方が雲の動きを正確に把握しているという現象が、なんだか未来っぽい。未来の馬であるセグウェイに乗って原始の森に入り込んだと思ったら、やはりそこは未来だったのだ。何の話だ。お兄さんは「雨が上がりそうにないので、レインコートを取ってきますね」と告げ、雨の中を駆け出して行った。駆けた後

にセグウェイに乗り込む。セグウェイ、本当に便利だ。我が家にも一台あれば近所のスーパーへの買い物に重宝しそうだが、いかんせん公道を走れないのが難点だ。もし私が大金持ちだったら、家からスーパーまでの土地をすべて買い取って私有地にしてやるのになあと思ったが、そんなお金があるならスーパーの隣に家を建てた方が早いだろう。というかスーパーごと買い取って、二十四時間いつでもすぐに買い物ができるようにすればいいのだ。

セグウェイがほしいのかスーパーがほしいのかわからなくなった頃、お兄さんが雨水を滴らせながら爽やかな笑顔で戻って来た。思えば、彼は会った瞬間から爽やかだった。爽やかに我々に挨拶し、爽やかにセグウェイの乗り方をレクチャーし、爽やかにガイドをこなし、そして爽やかに私と元祖K嬢の名前を間違え続けた。今も、

「キタゴーさん、大丈夫ですか？」

と笑顔で心配してくれる。親しみやすさを演出しようとして失敗するよい例であるが、まあそれはどうでもいい。レインコートを身に着け、来た道をセグウェイで戻る。そのまま終了かと思いきや、園内に入ったところで、なぜか駐車場へと向かった。天気のせいか時間帯のせいか、

場内には人も車もいない。

「ちょっと飛ばしましょうか」

ふいにお兄さんが丁寧な走り屋みたいなことを言いだした。スピードを上げた彼の後ろをついて走る。すると、今まで以上の解放感で、未来の馬を走らせているという気分が高まった。風だけではなく雨も当たるため、せっかく乾いた服がじんわり湿っていくのが残念だが、馬に乗っているのだから仕方がないと諦めもつく。

改めて馬としてのセグウェイが猛烈にほしくなった。「ああ、セグウェイほしいなあ」とつぶやいていたら、元祖K嬢が値段を調べてくれた。だいたい百万円ほどらしい。

「そんなにするんですかっ!?」

とつい大きな声を出してしまうも、いくらだったら納得するかというとよくわからない。とりあえずスーパーを丸ごと買い取れるくらいになったら、購入を検討したい。

爽やかお兄さんに別れを告げ、タクシーで国際通りへ。午後五時半。雨のせいもあって、空は今にも暮れそうな気配である。夕方の渋滞も始

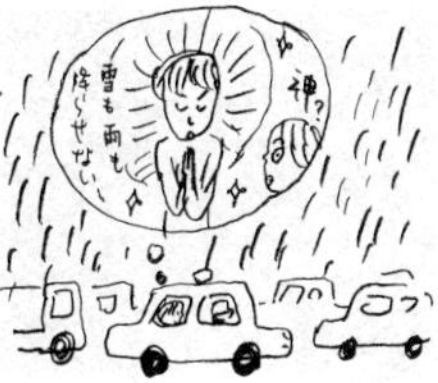

まっており、車内はなんとなく気だるい雰囲気が漂っている。それを進まぬ車のせいだと思ったのか、運転手さんが渋滞の原因と解消地点の予測を、沖縄の道路事情に照らし合わせて事細かに教えてくれた。だが、沖縄の道路事情に明るくないので、何を言っているのかさっぱりわからない。

「そうなんですねー」

と一応相槌《あいづち》を打ったが、覚えているのは、「あの信号を越えると空《す》くよー」と言っていた信号を越えても渋滞したままだったことだけだ。運転手さんからは、予測が外れたことについては、とりたてて言及はなかった。

それにしても、最後の最後に雨に降られてしまった。思えば「いやよ旅」を真冬の札幌でスタートさせた時、元祖K嬢の乗る飛行機が雪で飛ばなかったらどうしようと心配する私に、彼女は、

「大丈夫です、『いやよ旅』では雪も雨も降らせません」

と自信満々に言ってのけたのだ。

「か、神様なの!?」

と当時は驚いたが、あの言葉は本当だった。ご託宣である。「晴れさ

ふわっとしてほむっとしたパイナップルポーク。

せます」と言わないところが秀逸で、実際「いやよ旅」では晴天の日はあまりなかった。山梨では二泊して一度も富士山が見えないという一種の奇跡まで起こしたが、雨で予定自体が中止になることはなかったのである。ジェットコースターとか自転車とかシュノーケリングとか、ぜひ中止になってほしいものが山ほどあったにもかかわらず、それらすべては計画どおり遂行された。まったく何という力であろう。

　しかし、その神通力も沖縄でついに消えてしまったのかもしれない。最終回を迎え、ややフライング気味ではあるものの、役目を全うしたのだろう。

　国際通りで少し買い物をした後、夕飯の豚しゃぶ。アグー豚とパイナップルポークを食べ比べてみる。パイナップルポークの方がふわっとしてほむっとしていて私は好きであった。ふわっとしてほむっ。自分でも伝わるはずがないと思いつつ、食べ物に関しては語彙がほとんど存在しない体質なので許してほしい。料理はどれも美味しいが、お店は冷房が効きすぎており、ビールを飲んでいるとしんしんと冷えてくる。我々道民は真冬、ストーブをがんがん焚《た》いて半袖でアイスを食べることをよしとする民族であるが、沖縄県民も部屋を冷やすことに関して同じような

傾向があるのかもしれない。元祖K嬢の神通力で冷房を弱めてくれないかなあと思っていたら、

「冷房少し弱くしてもらっていいですか？」

とあっさり口頭で頼んでくれた。口頭の方が神通力より確実かつ手早いことがわかった。

夕食後は、コンビニでお酒を買ってホテルへ。追いビールをしつつ「いやよ旅」の「いや」部分をすべて終えた喜びをしみじみ味わうつもりが、慣れないことをした疲労に押しつぶされるようにすぐに寝てしまった。海になんか入るからだ。シュノーケリングめー。

五月十日（金）

六時起床。まだ眠っている元祖K嬢とN嬢を起こさないように風呂へ向かう……はずが、暗がりで着替えやらなにやらをごそごそ探しているうちに、N嬢から、

「明るくしてもいいですよ」

と声をかけられる。またやってしまった。「いやよ旅」では最年長者らしく、毎回一番に起きて風呂へ行くのだが、そのたびに同じ失敗を繰

り返している。必ず誰かを起こしてしまうのだ。今回は大浴場につかりながら深く反省し、「そうだ、次からは寝る前に枕元にお風呂セットを用意しておけばいいのだ」とひらめいたが、最終回なので「次」はないことにも同時に気づく。遅かった。なぜもっと前にひらめかなかったのか。小学生の頃、一億回くらい「前の日に時間割を揃えなさい」と言われながら、一億回無視していた性格と何か関係があるだろうか。

　風呂から戻り、ホテルのバルコニーで朝ビール。今日もあまり天気はよくない。目の前に広がる空も海も灰色で、しかしそれでも寒くないのだから、沖縄らしいといえばらしい。飲みながら旅日記のメモをとった。こうすると「仕事をしている充実感」が「朝酒を飲んでいる背徳感」を凌駕《りょうが》するので、とても正しいことをしている気になるのだ。目を覚ました元祖K嬢がお風呂のついでに買い物に行くというので、ビールの追加を頼む。正しい飲酒であるから、たくさん飲んでもいいのである。その追加を飲みながらメモの続きに取り掛かったが、これを書いている今、立て替えてもらったビール代を支払っていないことを唐突に思い出した。のび太にアイスを買いに行かせ、「ほら、これがアイス代だ！」とのび太をぼかーんと殴るジャイアンみたいなことをしてしまった。いや、殴

ってはいないからセーフだろうか。アウトだよ。
朝食後もチェックアウトの時間まで部屋で過ごす。今まで言い続けてきた「なんにもしないでホテルの部屋でごろごろしてようぜー」との私の願いを、元祖K嬢がとうとう叶えてくれたのだ。ビール代を踏み倒されるとも知らず、ありがたいことである。存分にごろごろした。

十一時、チェックアウト。空港へ向かう前に、「瀬《せ》長島《ながじま》ウミカジテラス」へ立ち寄ることにした。空港近くにある「リゾートアイランド」で、青い海と白い建物がまるで地中海を思わせる景観なのだそうだ。ネットで調べたところ、コバルトブルーの海が目に眩しく、確かに「これぞリゾート」という美しい風景である。存分に南国気分を味わおうと、期待に胸を膨らませながら到着。あたりを見回し、三人で声を揃えた。

「わあ！　日本海みたい！」

重く垂れ込めた雲と灰色の海。昨日とまったく同じ日本海が目の前にあったのだ。

「沖縄が見当たらない……」

しょんぼりする我々に追い討ちをかけるように、今度は小雨まで降ってきた。それでもひととおりお店を覗く。なにしろリゾートなのだ。階段では元祖Ｋ嬢が、「あ、北大路さん、ここ段差がありますよ」といたわってくれた。その優しい言葉に、これまでの「いやよ旅」の記憶が一気に蘇った。死ぬかと思ったジェットコースター、死ぬかと思った電動アシスト自転車でのサイクリング、死ぬかと思った富士の洞窟ツアー。洞窟ツアーでは、氷の上を普通のスニーカーで歩くという、雪国の人間にとっては「絶対やってはいけない」と叩き込まれている恐ろしい事態に遭遇した。そんなさまざまな思い出に、

「段差より前にいたわるチャンスがあったのでは……」

との思いが湧き上がったが、ありがたくいたわられておいた。

海を見ながら、最後の食事をとる。焼き鳥とホタテとビールである。思いがけず北海道っぽいメニューとなり、目の前の日本海にぴったりだ。食事中、どこからともなく猫が現れ、好奇心と警戒心を全身に漲らせてこちらを見ていた。しゅっとした細身の別嬪《べっぴん》猫である。何枚か写真を撮らせてくれたものの、

「こんにちはー。北海道から来たよー」

と声をかけると早足で逃げてしまった。北海道のことを知らないのか

もしれない。

その後は、空港へ。今度のタクシー運転手さんは台風通で「昔は三十とか四十くらいだったけど、今は六十や七十なんて時もあるからねー」と台風を風速で語るのがかっこよかった。コンビニのポール看板などは「風で折れるから、昔はあんな形のはなかったよー」ということである。これから台風のニュースを見る時は沖縄のポール看板を思い出し、折れないように祈ろうと決めた。

夕方、札幌着。半袖のシャツの上に薄い綿の上着を羽織るという南国ボケした格好で最寄り駅に降り立ってしまい、

「寒くて死ぬわ!!」

と思わず逆上したところで、沖縄旅の終了となった。同時に「いやよ旅」の終わりでもある。最終回を迎えても、未だまともな服選びもできないことが明らかになったのは忸怩たる思いであるが、まあそんな私でも生きているので皆さんも元気を出してください。長い間、ありがとうございました。

あとがき

時々、お化け屋敷のことを考える。「いやよ旅」の山梨編、「富士急ハイランド」で私が入らなかったお化け屋敷である。所要時間が五十分、その日泊まった宿の若い青年スタッフでさえ、「途中で脱落した」と言うほどの恐ろしいアトラクションだ。

もちろん「頑張って入ればよかった」と後悔しているわけではない。小学生の時、地元の祭りのお化け屋敷で恐怖のあまり泣き叫び、遂には奥から「普通の人間」が登場して特別に途中退場させてもらった過去を持つ女である。「入ればよかった」などとは未《いま》だに思っていないし、もし入っていればお化け屋敷の章だけであと一冊書けそうなくらい愚痴って叱られた自信はある。遠野の自転車でさえ、あれだけ書いたのだ。

だから、後悔ではない。そうではなく、お化け屋敷を通して「しなかったこと」を思い出すのである。「いやよ旅」は「嫌なことをする旅」であると同時に、「嫌なことをしなかった旅」でもあった。旅の計画を立ててくれた元祖K嬢は、いつもさまざまな提案をしてくれた。

「お化け屋敷に入りましょう」

「馬に乗りましょう」

「パラセーリングはどうですか」

「登山キャンプに行きましょう」

「ゲテモノを食べましょう」

　私が断固拒否したものもあれば、日程その他の都合により実現しなかったものもある。たくさんの「もし」が「いやよ旅」にはあるのだ。

　もしお化け屋敷に入っていたら、もし馬に乗っていたら、もし屋久島でキャンプをしていたら……。

　しなかったことに思いを馳《は》せることで、私にとっての「いやよ旅」の記憶はより鮮やかになる。残念ながら、それをはっきりと文字にすることはできなかったが、目に見えない形でこの日記を彩ってくれているに違いない。実現しなかった嫌なこともまた、「いやよ旅」の一つなのだ。

　ところで今回、原稿を読み直して驚いたことがある。連載中、元祖K嬢はよく「また『元祖K嬢』が意地悪なこと言ってる……私、感じ悪いですね……」と悲しそうにしていた。そのたびに「全然そんなことないよ」と励ましていたのだが、改めて読み返すと、確かにわりと容赦ない書きっぷりであった。そんなつもりはなかったのに、随所に恨みがにじみ出ている。それほど彼女の繰り出す旅の計画が嫌だったのだろうか。

　慌ててフォローするが、彼女は毎回毎回グズる私を宥《なだ》めつつ、一度も事故なく旅を遂行してくれた。また、四国の旅から同行してくれたN嬢も、「北大路さんの気持ちはよくわかります。私も嫌です。でもまあ行きましょう」という、共感誘導作戦とでもいうべき新手の技で、旅を助けてくれた。沖縄の占い師さんに言われた宝くじは当たらなかったが、いずれ大当たりする日が来ると信じ、その際には感謝を込めて山分けしたいと思う。旅にお付きあいくださったハマユウさんや丹下さんにも、どーんと贈りたい。

この旅にかかわってくださった皆様、本当にありがとうございました。

本書は、「小説すばる」二〇一七年五月号～二〇一九年十一月号に連載されたものを加筆・修正したオリジナル文庫です。

なお、本作に登場する施設や飲食店、交通機関、ツアー等は取材当時のものです。予めご了承ください。

集英社文庫

いやよいやよも旅《たび》のうち

2020年4月25日　第1刷　　定価はカバーに表示してあります。
2021年6月23日　第3刷

著　者　北大路公子《きたおおじきみこ》

発行者　徳永　真

発行所　株式会社　集英社
東京都千代田区一ツ橋2-5-10　〒101-8050
電話　【編集部】03-3230-6095
【読者係】03-3230-6080
【販売部】03-3230-6393（書店専用）

印　刷　凸版印刷株式会社

製　本　凸版印刷株式会社

フォーマットデザイン　アリヤマデザインストア　　マークデザイン　居山浩二

ISBN978-4-08-744106-2 C0195